# おじいちゃんとの最後の旅

ウルフ・スタルク 作
キティ・クローザー 絵
菱木晃子 訳

【RYMLINGARNA】
Written by Ulf Stark, Illustrated by Kitty Crowther

First published in 2018 in Sweden by Lilla Piratförlaget AB, Stockholm.

# おじいちゃんとの最後の旅

# 目次

# 1　おじいちゃん

カエデの葉っぱが、赤や黄色に色づいている。

ぼくは病室の窓辺《まどべ》に立って、外をながめていた。枯《か》れておちるまえに、あんなにきれいな色になるなんて、葉っぱってふしぎだな、と思いながら……。

「こっちへきて見てみない？」ぼくは、おじいちゃんにいった。「すっごくきれいだよ」

「見たくない」おじいちゃんは、がなるようにこたえた。「外にもでられんのに……」

ぼくはひとりで、おじいちゃんのお見舞《みま》いにきていた。もう何度もパパときていたから、病院までの道順《みちじゅん》はわかっている。はじめに地下鉄に乗る。スルッセン駅で赤いバスに乗りかえ、しばらくして左側《ひだりがわ》の丘《おか》の上に教会が見えたら、つぎのバス停《てい》で降《お》りる。かんたんだ。

パパは、病院へはあまりきたがらない。おじいちゃんが面倒《めんどう》くさい人だからだ。これまでも、ずっとそういう人だった。

でもいまは、これまで以上《いじょう》に面倒《めんどう》くさい。怒《おこ》りっぽいし、やたらと大声をだすし、気持ちをおちつかせる薬を飲ませても、すぐにペッと吐《は》きだしてしまう。

「獣《けもの》みたいに、こんなところに、とじこめやがって！　このわしを、なんだと思ってるんだ？　サルか？」

こんなふうに看護師《かんごし》さんたちをどなりつけては、顔をまっ赤にして、きたない言葉をつぎつぎとぶつける。パパがぼくに、「耳をふさいでいなさい」というくらいに。

パパは、ぼくがいま知っている以上《いじょう》に、きたない言葉をおぼえる必要《ひつよう》はないと

いっている。でも、ぼくはそうは思わない。

ぼくは、まえからずっと、おじいちゃんが怒《おこ》りだすときが好《す》きだった。その場にいると、ものすごくドキドキするから。

たぶん、パパにしてみれば、でっぷり太っていて、とても力持ちだった自分の父親が、だんだんやせて、弱々《よわよわ》しくなっていく姿《すがた》を見るのが、本当はつらいんだろう。それもあって、パパはおじいちゃんに、あまり会いにきたがらない——。


「どうしてあの人は、よその父親とちがうんだ?」パパがため息をついた。

木曜日のことだった。

パパは歯医者だ。診療室《しんりょうしつ》からもどってきて、いつものフックに白衣《はくい》をかけると、時計のねじを巻《ま》くために、家の中を歩きだした。ねじを巻《ま》くのは木曜日、時計は全部で九つある。

ぼくはあとについていって、話しかけた。

「おじいちゃんを病院からだしてあげられないの？」

「むりだ」パパはそうこたえて、ダイニングルームの大きな床《ゆか》おき時計《どけい》のねじを巻《ま》いた。

「どうして？　となりの老人《ろうじん》ホームで暮《く》らせばいいんじゃない？　そうすれば、ぼくたち、毎日、会いに行けるよ」

老人《ろうじん》ホームは、ぼくの家のとなりにある。そのせいで、よく近所を迷子《まいご》になったお年寄《としよ》りがうろついている。おじいちゃんもとなりの老人《ろうじん》ホームに住んで、外をうろつきまわり、ついでにうちへきて、いっしょにごはんを食べればいい。そしたら、ぼくも好《す》きなだけ、おじいちゃんに会える。

「おじいちゃんは、この地区の住人じゃないから、となりのホームには入れないんだ」パパがいった。

「だったら、うちに住めばいいよ、ぼくの部屋に！」

「だめだといったら、だめだ。おじいちゃんは階段《かいだん》ののぼりおりができない。心《しん》臓《ぞう》が肥大《ひだい》して、弱ってるんだ。病気なうえ、怒《おこ》りっぽくて、頑固《がんこ》で、いかれてる。脚《あし》を折《お》ったときのことをわすれたのか？」

「あれは、運が悪かったんだ」

「運が悪かっただと？」パパは鼻をフンと鳴らした。「太ももの骨《ほね》を折《お》って、ボルトでとめることになったんだぞ。おまけに、そのあとすぐに大きな岩を持ちあげて、また同じところを折《お》ってしまった。それを、ウルフ、おまえは『運が悪かった』というのか？」

「でも、おじいちゃんがほかの人とちがうのは、いいことだって、ぼくは思うよ。今度の土曜日、お見舞《みま》いに行く？」

「さあな」パパはいった。

ぼくにはわかっていた。これは、「行かない」という意味だ。土曜日が近づいたら、パパは「残念《ざんねん》だが、いろいろとすることがあって忙《いそが》しい」といいだすにきまっている。

パパはお気に入りの肘《ひじ》かけ椅子《いす》にすわり、ヘッドホンをつけると天井《てんじょう》を見あげ、音楽のボリュームを大きくした。頭の中のいろんな思いを、音でかき消すみたいに。

「なにがあっても、ぼくは行くよ。ぼくは、おじいちゃんが好《す》きだし、ひとりぼっちでいてほしくないから」ぼくはいった。

パパはうなずいた。ぼくのいったことなんか、なんにもきこえなかったくせに――。

## 2 土曜日の作戦《さくせん》

ぼくは、サッカーの練習に行くといって、おこづかいをもらった。これで往復《おうふく》の切符《きっぷ》が買える。スポーツバッグに、サッカー用のソックス、青いトランクス、さんざんねだって買ってもらったスパイクシューズを入れた。

すべて、カンペキにしこまないといけない。

「なにか食べものがいるなら、冷蔵庫《れいぞうこ》から持っていきなさいね」ママがいった。

「うん」ぼくはさっそく、サンドイッチをふたつ作った。ひとつにはチーズ、もうひとつには酢漬《すづ》けニシンをはさんだ。

「あら、酢漬《すづ》けニシンが好《す》きになったの？」ママがびっくりして、きいた。

「そうじゃないけど。練習すると、いっぱい汗《あせ》をかくからね。塩分《えんぶん》が必要《ひつよう》でしょ」

このこたえをパパがきいていなかったのは、残念《ざんねん》だ。パパは科学的《かがくてき》な考えかたが好《す》きだから。でも、パパは新聞の土曜版《ばん》にのっているクロスワードパズルに夢《む》中《ちゅう》になっていた。

ママが台所からいなくなると、ぼくは冷蔵庫《れいぞうこ》から飲みものも取りだした。

でかけようとすると、パパがいった。

「今日はサッカーの練習か。おじいちゃんのところへ行かないことにしておいて、よかったよ」

「うん、そうだね」ぼくはいって、「今日は少しおそくなるよ。練習のあと、チームの友だちの家へ行って、算数の勉強をするんだ」と、つけたした。

算数は、ぼくのいちばん苦手な科目だ。

パパは新聞から顔をあげると、にっこりした。

「それはいい。くだらないいたずらのかわりに、実《み》になることをするのはね」そして、もう一度にっこりした。

「まあね」ぼくはこたえて、家をでた。パパがいう、くだらないいたずらをするために。

うちをでると、まずは、サッカー場のほうへ歩いた。ママが窓《まど》から手をふっていたから。ママは、いつもそうやって見送ってくれる。ぼくは少し歩いてから道をそれ、地下鉄の駅へむかった。

切符《きっぷ》を買って、地下鉄に乗った。

窓《まど》ガラスに映《うつ》る、不安《ふあん》そうなぼくの顔。まさに、命がけの任務《にんむ》についたヒーローの顔だ。

スルッセン駅でおり、赤いバスに乗りかえる。

バスに乗りこむまえに、ぼくは少しのあいだバスターミナルの舗道《ほどう》に立って、歯みがき粉《こ》の広告《こうこく》のネオンをながめた。パパにいわせれば、あれが町でいちばんきれいなネオン。チューブからしぼりだされたミミズみたいな歯《は》みがき粉《こ》が、黄色い歯ブラシの上で光っている。

ネオンを見ていると、パパのことを思いだした。そして、おじいちゃんのことも。ふたりのちがいが頭に浮《う》かぶ。

パパは背《せ》が高く、やせていて、悲しそうな目をしている。おじいちゃんは背《せ》が低《ひく》く、太っていて、からだの中には、ただひとつの気持ちしかないように見える。〈怒《いか》り〉だ。怒《おこ》っているとき、おじいちゃんはその気持ちを音であらわす。壁《かべ》をたたき、床《ゆか》をけり、きたない言葉を吐《は》く。でも、パパは機嫌《きげん》が悪いとき、自分の殻《から》にこもってだまりこむ。

あのふたりがわかりあえないのも、ふしぎじゃない。

ぼくはバスに乗ってからも、窓《まど》の外を流れていく秋のけしきを見つめながら、ふたりのちがいについて考えていた。

しばらくすると、水色のコートを着た、からだの大きな女の人が乗ってきて、ぼくのとなりにすわった。汗《あせ》くさい。ぼくは少しだけおしりを動かして、女の人のそばによった。ぼくの服に女の人の汗《あせ》のにおいがしみこむように。サッカーの練習をしてきた証拠《しょうこ》に、汗《あせ》のにおいがするように。

女の人はぼくを見て、きいた。

「ズボンの中に、アリでもいるの？」

「い、いえ」

どう思われたんだろう？

「ひとりなの？」女の人はまた、ぼくにきいた。

「おじいちゃんに会いに行くんです」

「まあ、いい子ね。おじいちゃん、バス停《てい》まで迎《むか》えにきてくれるの？」

「いいえ、入院してるので」

「パパとママは、いっしょじゃないの？」

「パパは、いそがしいんです。クロスワードパズルを解《と》いてるから」

すると、女の人はぼくの肩《かた》に腕《うで》をまわしてきた。

よし、これで汗《あせ》のにおいがうつる！　と、ぼくは思った。

バスのドアがあくときの音みたいなため息をつくと、女の人はいった。

「おじいちゃんのこと、大好《だいす》きなのね？」

「うん、大好《だいす》き！」ぼくはすぐに、おじいちゃんのことを話しだした。なぜだかわからないけど、口が勝手に動いたんだ。

夏になるといつも、島にあるおじいちゃんの家へ行って、いっしょになにをしたか。おじいちゃんのいびきをききながら、ねむりにつくのがどんなに楽しかったか。おじいちゃんは、なんでもじょうずだったこと。大きな岩を掘《ほ》りだすのも、屋外便所《おくがいべんじょ》の屋根に防水《ぼうすい》シートを張《は》るのも――。話せば話すほど、おじいちゃんは生き生きと若《わか》く、元気になっていくようだった。

「あなたのおじいちゃん、きっとだいじょうぶよ」女の人はいった。

「はい」

「もうじき元気になるわ」

「はい」

そのとき、ぼくはおじいちゃんの肥大《ひだい》した心臓《しんぞう》と、ボルトでとめられた太ももの骨《ほね》と、もう二度と元気にはならないとパパが話していたことを思いだした。

丘《おか》の上に教会が見えてきた。涙《なみだ》でにじんでいる。

「ぼく、ここで降《お》ります」

「じゃあね」女の人はいった。「すてきなおじいちゃんに、こんなにいい孫《まご》はいないって、おばさんがいってたって伝《つた》えてね」

「伝《つた》えます」ぼくはそういって、バスを降《お》りた。

## 3　同じ名前

ぼくの「すてきな」おじいちゃんは、ベッドのわきにぶらさがっているコールボタンをおしているところだった。看護師《かんごし》さんがかけつけてくるまで、ずっとおしつづけていた。

「どうしたんですか？」看護師《かんごし》さんは息を荒《あら》くして、いった。

いらいらしている。当然《とうぜん》だ。おじいちゃんがコールボタンを一日じゅう、何度もおすからだ。理由は、退屈《たいくつ》だから。だれかをからかいたいから。ほかにすることがないから……。ここには、穴《あな》を掘《ほ》る地面も、ころがす大きな岩も、よじのぼって煙突《えんとつ》そうじをする屋根もないんだもの。

「この子に、ジュースとシナモンロールを持ってきてくれ」おじいちゃんは、看《かん》護《ご》師《し》さんに命令《めいれい》した。

「なにいってるんですか。ここはカフェじゃないんですよ。おねがいですから、用もないのにコールボタンをおさないでください。いうことをきかないと、コードをはさみで切りますよ」

「そんなことしやがったら、クソ……」おじいちゃんは、きたない言葉を吐《は》いた。

看《かん》護《ご》師《し》さんは首をまわして、ぼくを見た。

「大人になったら、結婚《けっこん》したいと思ってる？」

「うーんと……たぶん」

「だったら、おじいちゃんみたいな話しかたをしちゃだめよ。きれいな言葉を使うようにしないとね」看《かん》護《ご》師《し》さんはぼくにいうと、病室をでていった。

うしろ手にドアをバンとしめるようないきおいだったけど、そうはならなかった。病室のドアは、ゆっくりとしまるようになっているからだ。

ドアがしまったとたん、おじいちゃんはまたボタンをおした。

看護師《かんごし》さんがドアのすきまから顔をだすと、おじいちゃんはいった。

「たしかに、おまえさんのいうとおりだな、ここはカフェじゃない。よし、もう行っていいぞ！」

姿《すがた》を消すまえに、看護師《かんごし》さんはふっと笑《わら》ったように、ぼくには見えた。ぼくも笑《わら》った。これって、おじいちゃんはまだ人をからかえるくらい、体調がいいということだから。

「ジュースとシナモンロールがないとは、残念《ざんねん》だったな」おじいちゃんが不満《ふまん》げにつぶやいた。

「気にしなくていいよ。食べるものも飲むものも、持ってきたから」ぼくはそういってスポーツバッグをあけ、サンドイッチの包《つつ》みをだした。チーズサンドはぼくの、ニシンサンドはおじいちゃんのだ。

「気がきくな、小便小僧《しょうべんこぞう》」おじいちゃんはにやりとして、いった。

「うん、それだけじゃないよ」ぼくは、スポーツバッグから瓶入《びんい》りの牛乳《ぎゅうにゅう》とビールも取りだした。ビールは家の冷蔵庫《れいぞうこ》からだしてすぐ、片方《かたほう》のサッカーソックスの中に隠《かく》してきたんだ。「ビールはおじいちゃんにだよ。ビール、好《す》きでしょ？」

「ああ、好《す》きだよ」

ぼくはサイドテーブルの上にあったコップの水をすて、ビールをついだ。

おじいちゃんはうれしそうに、口をぱくぱくさせた。それから老眼鏡《ろうがんきょう》をかけ、表面にぶくぶくとあがってくる小さな泡《あわ》をながめた。そして、ちょっとだけ、ほんのひと口だけ、ビールを飲んだ。そして、ちょっとだけ、ほんのひと口だけ、サンドイッチをかじった。

以前《いぜん》のおじいちゃんは、そんな飲みかたや食べかたじゃなかった。ショベルカーみたいに、ガーッとたいらげる、それがおじいちゃんだ。でも、病院ではちがう。おじいちゃんは、なにも食べたがらない。

おじいちゃんは目に涙《なみだ》を浮《う》かべて、いった。

「ああ、これが人間の食うものだよ。ここの食事は最低《さいてい》だ。味もなにも、あったもんじゃない。水ですら、まずい」

「だったら、病院を抜《ぬ》けだせばいいんだ」

「若《わか》いときならそうしたさ。だが、もう手遅《ており》れだ。それはそうと、パパとママは、おまえがここにきていることを知ってるのか？」

「ううん、知らない。うそをついたんだ。サッカーの練習に行くって」

すると、おじいちゃんの入れ歯がきらりと光った。

「おまえは、抜《ぬ》け目《め》のないペテン師《し》だな、小ゴットフリード。わしの血を継《つ》ぎやがって。『病院を抜《ぬ》けだす』か！　そいつはいい考えだ。わしには、まだいくつかやりたいことがあるからな。だが抜《ぬ》けだすといっても、そう遠くへは行けん。この脚《あし》じゃな」

小ゴットフリード！　こんなふうにぼくを呼《よ》ぶ人は、おじいちゃん以外《いがい》にいない。ゴットフリードは、おじいちゃんの名前で、ぼくも正式にはウルフ・ゴットフリードという名前だ。ゴットフリードの意味は、〈おだやかなる神〉。でも、おばあちゃんの聖書《せいしょ》で見た絵では、神さまはちっともおだやかそうには見えなかった。うそっぽい名前だ。それでもぼくは、おじいちゃんに「小ゴットフリード」と呼《よ》ばれるのが好《す》きだった。

同じ名前だから、ぼくたちは気があうんだ。

しばらくのあいだ、おじいちゃんとぼくは、サンドイッチを食べたり、それぞれにビールと牛乳《ぎゅうにゅう》を飲んだりして、楽しい時間を過《す》ごした。ふたりとも抜け目《ぬけめ》がなくて、人のいうことをきかなくて、名前も性格《せいかく》も同じだね、といいあいながら——。

そして帰りのバスの時間がくるころには、ふたりで、ある計画を練りあげていた。

ぼくは、おじいちゃんにいわれて、ロッカーの奥《おく》から財布《さいふ》を取りだした。ロッ

カーに入れた靴《くつ》の片方《かたほう》に靴下《くつした》がつっこんであり、その靴下《くつした》の中に財布《さいふ》が隠《かく》してあったんだ。

「じゃあ、つぎの土曜日にな。クソ愉快《ゆかい》なことになるぞ」おじいちゃんはまた、きたない言葉を使った。

でも、ぼくが病室をでるとき、最後《さいご》にきこえた言葉は、「コケモモのジャム」だった。どうしておじいちゃんがそんなことをいったのか、ぼくにはさっぱりわからなかった。

# 4　ふたりの計画

計画というのは、こうだ。

つぎの土曜日、ぼくはタクシーで病院へ行く。タクシーは外で待たせておく。タクシー代は、おじいちゃんからもらってある。パパがついてこないように、クソ目いっぱい気をつけること。ぼくがひとりででかける理由も考えないといけない。一泊《ぱく》する理由も。

でも理由を考えるのは、かんたんだった。

家へ帰ると、ぼくはスポーツバッグから泥《どろ》だらけのウェアを取りだした。

ママはそれを見て、ため息をついた。

「ここまで、よごさなくちゃならないものなの？」

「サッカーの練習だもん、こうなるよ」

老人《ろうじん》ホームのとなりの、だれもいない空き地で、ぼくはウェアに泥《どろ》をこすりつけてきた。すべて、カンペキにしこまないといけないからだ。

「土曜日までに、洗濯《せんたく》しといてよ。チームの合宿があるんだ、一泊《ぱく》の」

「どこで？」

「セーデルテリエにある体育館に泊《と》まるんだって。おべんとうを持っていかなくちゃ。ミートボール、作ってくれる？」

「いいわよ」

おじいちゃんは、ミートボールが大好《だいす》きだ。そしてママは、ミートボールを作るのが好《す》き。

おじいちゃんがいったとおり、ぼくはやっぱり抜《ぬ》け目《め》のないペテン師《し》なんだ。まさに〈うそつきの天才〉だ。パパまでが満足《まんぞく》そうにしている。つぎの週末《しゅうまつ》、ぼくがでかけるのをよろこんでいるみたい。

パパは、ぼくの頭をぽんぽんとたたくといった。

「それじゃあ、おじいちゃんの病院へは、つぎのつぎの土曜日に行くことにしよう。おまえもいっしょに行きたいだろうし」

「うん、ありがとう」

こうして、いちばんむずかしい問題だけが残《のこ》った。


ぼくたちの計画とは、おじいちゃんが病院を抜《ぬ》けだし、ふたりで島へ行くことだった。ストックホルムの沖《おき》、バルト海にある小さな島に、おじいちゃんとおばあちゃんの家がある。去年おばあちゃんが亡《な》くなり、冬になって、太ももの骨《ほね》を折《お》るまで、おじいちゃんはその家にひとりで住んでいた。それから、すぐにまた骨《ほね》を折《お》って、いまいる病院に入院する羽目になった。

おじいちゃんはいった。

「抜《ぬ》けだす先としては、ちょうどいい距離《きょり》だ。島の家で、いくつかやることがある」

「屋根にはのぼらない、って約束《やくそく》してよ」ぼくはいった。

そういうあぶないことを、おじいちゃんはいつもしでかすんだ。

「約束《やくそく》するさ。いいか、よくきけ。島へ行く船は、ソッレンクローカ桟橋《さんばし》に、一時すぎにくる。だから、おまえはここへ、つぎの土曜日、十一時半ごろきてくれればいい。車を待たせておけ。だれかに病院へ電話させて、おまえがわしを迎《むか》えにくるといわせれば、ここのやつらにあやしまれずにすむ」

「だれかって？」

「それをずっと考えてるんだがな、かわいい孫《まご》よ」

だれがいいのか、ぼくも必死《ひっし》に考えた。

ぼくが自分で電話するのは、だめだ。子どもの声じゃ、むり。大人の声じゃないと。それに、タクシーってどうやって予約《よやく》すればいいいんだろう？　電話にでた人に、パパかママと話がしたい、といわれてしまうかもしれない。

そのとき、ぼくはアダムのことを思いついた。

アダムは、のどぼとけがすごく大きい。のどぼとけは、スウェーデン語で「アダムのリンゴ」というから、本当はロニーっていう名前だけど、みんなに「アダム」って呼《よ》ばれている。アダムがしゃべると、卵《たまご》みたいなのどぼとけがあがったりさがったりするから、じっと見つめずにはいられない。そして、アダムの声はパパの声よりも太い。

アダムは、自動車修理工場《しゅうりこうじょう》のとなりでパン屋をやっている。アダムにとっては、最高《さいこう》の場所だ。パンと車は、アダムのいちばん好《す》きなものだから。アダムは毎日朝早く、車であちこちの店にパンを配達《はいたつ》し、パン屋がひまになると自動車修理工《しゅうりこう》場《じょう》へ顔をだして、仕事を手伝《てつだ》う。

アダムは、とてもいい人だ。ぼくたち子どもに古くなったシナモンロールをくれるし、古いのがないときは、焼《や》きたてのをくれたりする。「犬にやれ」というけれど、ぼくたちのだれも、犬なんか飼《か》っていない。

そんなわけで、ぼくはパン屋のアダムのところへ行って、おじいちゃんと立てた計画をすっかり打ちあけた。

アダムは腕組《うでぐ》みをして、真剣《しんけん》に話をきいてくれた。まるで白衣《はくい》を着た、そばかすだらけの天使みたいに。

「つまり、おれに手伝《てつだ》ってほしいってわけか。病院に電話して、おやじさんのふりをしろと」

「うん」

「そして車を用意して、サッカー合宿をするセーデルテリエまでおまえを乗せていくふりをしろと」

「うん」

「でも本当は、おまえとおじいちゃんの逃亡《とうぼう》を手伝《てつだ》う」

「うん、お金ならはらうよ」

ぼくは、おじいちゃんからあずかったお金をさしだした。

「おまえ、正気か？」

「う、うん」

するとアダムはお金をしまい、ぼくと握手《あくしゅ》した。そして笑《わら》った。のどぼとけが大きく上下した。

「契約成立《けいやくせいりつ》。おれは、じいさんの自由のためにやる。それに、金がいる」

アダムは、ぼくの住所を確認《かくにん》した。パパとおじいちゃんの名前と名字の両方、それから病院の名前。おじいちゃんがいるのは、どこの病棟《びょうとう》かも。

「カンペキにしこまなくちゃならないからな」と、アダム。

「うん、わかってる」と、ぼく。

アダムは、電話の横の壁《かべ》にかかっているパンの注文表に、すべて書きつけた。

「これでよしと。じゃあ、土曜日の十時四十五分に、おまえの家の門の外で、クラクションを三回鳴らすよ」

「うん、よろしく」ぼくはいった。

ドアをあけてパン屋からでようとすると、アダムが焼《や》きたてのシナモンロールを投げてよこした。ぼくは片手《かたて》でキャッチした。

「犬にやれ」アダムはそういって、にやりと笑《わら》った。

帰り道、ぼくはシナモンロールをほおばりながら、口笛《くちぶえ》を吹《ふ》こうとした。渡《わた》り鳥《どり》の群《む》れが、家の屋根の上を飛《と》んでいく。それを見て、もうすぐぼくたちも旅にでるんだ、と思った。

# 5　旅立ちの朝

土曜日の朝、九時すぎには荷物をつめおえた。パパから借《か》りた旅行カバンに入れたのは、サッカーウェア、着替《きが》え用のパンツ、青いパジャマ、タオル、石鹼《せっけん》、歯ブラシ、パパが持っていた試供品《しきょうひん》の小さな歯みがき粉《こ》。

アルミの保存容器《ほぞんようき》につめたミートボールは、べつの手さげ袋《ぶくろ》に入れた。ずいぶんたくさんある。チームの子全員が食べられるようにって、ママがいっぱい作ってくれたんだ。

ぼくは花柄《はながら》の肘《ひじ》かけ椅子《いす》にすわると、両足を旅行カバンの上にのせて、ミートボールの袋《ふくろ》をわきにおき、壁《かべ》の時計をながめた。

ちょっと鼻歌をうたっていると、パパがいった。

「おまえがうれしそうにしていると、悪いことが起こる気がする。なにを考えてるんだ？」

「サッカーの合宿のこと。ペナルティーキックにドリブルにトリックプレー、いろいろ習うんだ。寝《ね》るときには、みんなでおばけの話をするんだよ」

「食べたら、ちゃんと歯をみがくんだぞ」

「うん、もちろん」ぼくはいった。

でも、ぼくが考えていたのは、合宿のことなんかじゃなかった。人をだますのは本当に楽しいって、考えていたんだ。ぼくの作り話をすべて、パパとママは信《しん》じた。全部思いつきなのに。ぼくの頭の中は、だれにもわからない。そうさ、ぼくは、なんだってできる。アダムと同じで、ぼくは「おじいちゃんの自由のために」やるんだ。人がよろこぶうそをついて、なにが悪い……？

「ママ、ピアノを弾《ひ》いて、うたってくれない？」ぼくはたのんだ。

「いますぐ?」

「うん。ママのピアノと歌、大好《だいす》き!」

「まあ、そんなこといって」ママは、うれしそうに笑《わら》った。「じゃあ、ちょっとだけよ」

ママは椅子《いす》にすわり、ピアノを弾《ひ》きながらうたいだした。ママの声はふるえて、きれいに響《ひび》く。曲は、映画《えいが》「オズの魔法使《まほうつか》い」にでてくる、ママの好《す》きな『虹《にじ》の彼方《かなた》に』だ。虹《にじ》のむこうに望《のぞ》みどおりのすばらしい国がある、という歌詞《かし》だ。

家の外でクラクションが鳴ったとき、まだママはうたっていた。クラクションは三回。アダムのいったとおりだ。

ぼくは立ちあがった。

「もう行かなくちゃ」

「車までカバンを持つよ」パパがいった。

「いいよ」

「いやいや、手伝《てつだ》うよ」

ぼくは、アダムの正体がばれてしまうんじゃないかとこわくなった。でも、だいじょうぶだった。

アダムは、門の前に止めた、洗車《せんしゃ》したてのぴかぴかのワゴン車の横に立っていた。本物のコーチらしく見えるようにサッカーソックスを履《は》き、スポーツキャップをかぶっている。

ぼくのカバンをうしろの荷物入れに投げこむと、「早く乗ってくれ。ほかの子たちもひろわないといけないんだから」とぼくにいい、それからパパのほうを見て、こうつづけた。「さぞ、ご自慢《じまん》の息子さんでしょう。才能《さいのう》がある。敵《てき》をだますのが実にうまい」

「そうですか。それは、うれしいですな」パパはこたえた。そして、ぎこちなくぼくを抱《だ》きしめると、「合宿先で、なにか食べたいものがあったら買いなさい」といって、お札《さつ》を一枚《まい》くれた。「楽しんでおいで」

「うん」

「今晩《こんばん》、電話をくれよ」

「体育館には、電話なんてないと思うよ」ぼくはいった。

ぼくは助手席《じょしゅせき》に乗りこんだ。運転しているアダムののどぼとけがあがったりさがったりするのに、ときどき目をやる。

アダムはチューインガムをかみながら、指でハンドルをトントンたたいている。くもっているのに、サングラスをかけていた。

ワゴン車は、自動車修理工場《しゅうりこうじょう》から借《か》りてきたらしい。

「おじいちゃんを迎《むか》えに行くって、病院に電話してくれた？」ぼくはアダムにたしかめた。

「ああ。『父を迎《むか》えにうかがいます』っていったさ。おまえのおやじさんのふりをして。そしたら、電話にでたやつは、『そうですか……。ええ、わかりました。

少しのあいだ病院をはなれるのは、ご本人にとっても、ほっとすることですしね』だとよ。でもほっとするのは、じいさんじゃなくて、病院の人たちのほうみたいにきこえたぜ」

「うん、おじいちゃんは面倒《めんどう》くさい患者《かんじゃ》なんだ。アダムの声が太くてよかった。でも病院に着いたら、どうする？　アダムがぼくのパパじゃないって、ばれちゃうよ」ぼくはいった。

「『わたしは残念《ざんねん》ながら、病院には行けません。かわりに息子と、とてつもなく愉快《ゆかい》なわたしのおいがまいります』って、つけ加《くわ》えといたさ」

パパのおい、つまりアダムがぼくのいとこっていうのは、悪くなかった。たとえ一日だけのいとこでも。

アダムは、ぼくにもチューインガムをひとつくれた。なんだか本当に、アダムが気のあういとこのような気がしてきた。

それからしばらくのあいだ、ぼくたちはだまったままガムをかんでいた。ラジ

オをきいたり、窓《まど》の外を見たりして。ときどき、ぼくはおじいちゃんのことを話した。

「きたない言葉をいわれても、平気？」ぼくはアダムにきいた。

「平気さ」と、アダム。

少し走ると、お店が一軒《けん》、見えた。

「ちょっと止まってくれない？ おねがい」

「どうした？ なにか飲むものでもほしいのか？」

「うん。ビールを買ってきてほしいんだ」ぼくは、なにか食べたいものがあったら買いなさいといって、パパがくれたお札《さつ》をさしだした。

「おまえ、未成年《みせいねん》だろ」

「ぼくにじゃないよ。おじいちゃんにさ」

アダムは車を止めた。お金はうけとらなかった。もう、たくさんもらっているから。たくさんすぎるくらいだ、といって。

アダムが買いものをしてくるあいだ、ぼくは車の中で待っていた。病院までは、もうそんなに遠くない。丘《おか》の上の教会が見える。あのむこうが病院だ。

アダムは病院の玄関《げんかん》に車をつけると、すぐにスポーツキャップとサッカーソックスを脱《ぬ》ぎ、つばの部分がつやつやした制帽《せいぼう》をかぶった。老人《ろうじん》ホームのわきの礼《れい》拝堂《はいどう》の前にしょっちゅう止まっている、霊《れい》きゅう車の運転手さんがかぶっているみたいな帽子《ぼうし》だ。

「さあ、中へ行って、おじいちゃんを連《つ》れてこよう」アダムがいった。

「おじいちゃんを怒《おこ》らせないようにね、わすれないでよ」ぼくは念《ねん》をおした。

# 6　いとこのアダム

病室へ入ると、おじいちゃんはもう旅のしたくをおえていた。ひげをそり、黒いスーツにネクタイをしめ、コートまで着ている。パーティへ行くのに、大きらいなよそゆきの服をむりやり着せられた子どもみたいだ。

ベッドには杖《つえ》が二本、立てかけてある。

「したくは、できてるわ」病室にいた看護師《かんごし》さんがいった。

おじいちゃんはぼくを見ると、ぱっと顔をかがやかせた。でも、すぐにおでこにしわをよせ、アダムをあごでさした。

「小ゴットフリードよ、おまえの顔を見るのはうれしいが、その制帽《せいぼう》をかぶった、

にやけた野郎《やろう》はだれだ？」

ぼくはとっさに、看護師《かんごし》さんにばれた、と思った。まったく関係《かんけい》ない人がいると気づかれてしまったかも……。きっと、確認《かくにん》するため、パパに電話をかけるだろう。病院はぜったいに、身元のはっきりしない人に患者《かんじゃ》をあずけたりしない。

ぼくはあわてて、おじいちゃんにいった。

「わからないの？　いとこのアダムだよ。アダムが、おじいちゃんを車で迎《むか》えにきてくれたんだ。パパのかわりに」

「ひさしぶり、じいちゃん」アダムはそういって、指を二本、帽子《ぼうし》のつばにあてて、敬礼《けいれい》のまねをした。

「かっこつけるな、バカ者！」おじいちゃんはどなった。「ちっとも見舞《みま》いにこないおまえを、わしがおぼえてるとでも思っとるのか？」

「どうしてこないか、わかってる？　いつもじいちゃんが怒《おこ》って、きたない言葉ばかり使うからさ。おふくろはいやがって、会いたくないって。じいちゃんは悔《く》いあらためて、礼儀《れいぎ》をわきまえなきゃだめよ、っていってるぜ」アダムはいい返した。

おじいちゃんが怒《おこ》りだす、とぼくは思った。でも、怒《おこ》らなかった。それどころか、笑《わら》いだしたんだ。

「いいぞ、アダム！　おまえは、ほかの親せきのやつらとはちがうな。わしと小ゴットフリードと同じだ。おまえは、勇気《ゆうき》がある。おい、薬をくれ。もう、でかける。歯医者の息子が、わしを待ちこがれてるからな」

看護師《かんごし》さんが、薬をふたつの小さなケースに入れてくれた。

「白いほうが心臓《しんぞう》の薬。赤いほうが、気持ちをおちつけて、きたない言葉をいわないようにする薬ですよ」看護師《かんごし》さんはそういって、ぼくたちにウインクした。

おじいちゃんが薬のケースをポケットにつっこむと、看護師《かんごし》さんはいった。

「車椅子《くるまいす》を取ってくるわ」

「バカ者。そんなもん、いらん。自分で歩ける」

「いいえ、歩けません」看護師《かんごし》さんはぴしゃりといい返すと、車椅子《くるまいす》を取ってきた。

おじいちゃんは車椅子《くるまいす》にすわった。看護師《かんごし》さんが車までおしていき、アダムとぼくとで、おじいちゃんを助手席《じょしゅせき》に移《うつ》した。

看護師《かんごし》さんはおじいちゃんの頰《ほお》をやさしくたたくと、いった。

「気をつけてくださいよ。けっして心臓《しんぞう》に負担《ふたん》をかけないように」

「この週末《しゅうまつ》はずっとおとなしくして、めしを食わせてもらうことにするさ」おじいちゃんはそういって、鼻をフンと鳴らした。

車は走りだした。

車の中で、ぼくたちは大笑《おおわら》いした。三人とも、なんて機転《きてん》がきいたんだろう。おじいちゃんは晴れて、自由の身になった。ぼくたちは三人組の、うそつきの天才だ。

朝からたれこめていた雲も、風に流れて消えていた。おじいちゃんが青空と太陽を楽しめるように、神さまが気をきかせてくれたみたいだ。

おじいちゃんは窓《まど》をあけ、外のいい空気を吸《す》いこんだ。「ああ」といって目をとじ、それからもう一度、「ああ」といった。

「小便《しょうべん》がしたくなったら、いつでもいってくれ」アダムが声をかけると、おじいちゃんは、「ありがとよ。だが、船まではもちそうだ」とこたえた。

それからふたりは、エンジンについて話しはじめた。ぼくにはさっぱりわからない話題だったから、だまってきいているしかなかった。

おじいちゃんは若《わか》いころ、大型船《おおがたせん》の機関長《きかんちょう》をしていたから、シリンダーとか連接棒《れんせつぼう》とか、そういうものに、やけにくわしい。

いま、おじいちゃんは前かがみになって、車のエンジン音に耳をかたむけている。

「燃焼《ねんしょう》ポンプのボルトがひとつ、ゆるんでるぞ」おじいちゃんがいった。

「帰ったら、見てみますよ」と、アダム。

車は、まもなく桟橋《さんばし》に着いた。アダムは車から降《お》りていって、乗船信号《しんごう》の棒《ぼう》を横にたおした。こうしておくと、船が桟橋《さんばし》によってくれるんだ。

船に乗るのは、ぼくたちだけらしい。煙《けむり》を吐《は》きながら近づいてくる白い船が見えるまで、ぼくたちは車の中で待っていた。

「おお、船がきたぞ。あのぼろ船が」おじいちゃんはそういうと、目にたまった涙《なみだ》をぬぐい、トランペットのファンファーレみたいな派手《はで》な音を立てて、はなをかんだ。

アダムとぼくで、おじいちゃんを車から降《お》ろした。ぼくの旅行カバンと、おじいちゃんの杖《つえ》と、ミートボールを入れた手さげ袋《ぶくろ》も。アダムが途中《とちゅう》で買いものをしてくれた紙袋《かみぶくろ》と、もうひとつ、べつの紙袋《かみぶくろ》も。ぼくたちをびっくりさせようと、アダムが用意してくれたらしい。

「カルダモンロールと、ちょっとした焼《や》き菓子《がし》と、ライ麦パンが入ってる。夜中に焼《や》いたんだ。逃亡生活《とうぼうせいかつ》には、非常食《ひじょうしょく》があったほうがいいだろ。じゃあ、明日の正午に、またここで」

ふたりでおじいちゃんを船に乗せ、アダムが桟橋《さんばし》へもどろうとしたとき、おじいちゃんがさけんだ。

「おまえ、わしの息子の息子にしては、上出来だぞ」

「ちぇっ、ちがうよ、娘《むすめ》の息子。まちがえないでくれよ」アダムはいい返した。

## 7　〈岩山の家〉へ

「見えるか？」おじいちゃんがぼくにきいた。

おじいちゃんは背中《せなか》を、船の機関室《きかんしつ》の出入り口にもたせかけている。ぼくは少し扉《とびら》をあけておいてあげた。エンジンの音をきけるように。機関室《きかんしつ》の熱《ねつ》が感じられるように。油のいいにおいが鼻をくすぐるように。扉《とびら》には、「手をふれないでください」というマークがついていたけど。

おじいちゃんは、窓《まど》の外を通りすぎていく島や、海面につきだした岩や、マツやトウヒや、今日みたいな日にはとくべつ色づいて見える落葉樹《らくようじゅ》をながめている。これまでにかぞえきれないほど目にしてきたけしきだ。

https://www.tokuma.jp/kodomonohon/
徳間書店
読者と著者と編集部をむすぶ機関紙

# 子《こ》どもの本《ほん》だより

2024年7月／8月号　第31巻　182号

『気のつよいちいさな女とわるいかいぞくのはなし』より　Illustration © 2024 Miho Satake

## 屋根裏部屋の古い本

編集部　上村　令

「子どもの本を作る人になりたい」と思ったのは、中学生の頃でした。児童文学の新刊を読んでもおもしろく感じられなくなり、大人の本にはまだあまりなじめず楽しめる本がなく（当時はＹＡというジャンルはまだありませんでした）、「それなら自分でおもしろい子どもの本を作ればいいんだ！」と、勝手に決めたのです。

その頃は、誰にも必ず訪れる死というものについて、真剣に考えた時期でもありました。自分が死んだ後には何が残るだろう？　と考えた時に、ふわっと頭に浮かんだ一つのイメージがありました。「いつかわからない未来、屋根裏部屋で一人の女の子が古い本を見つけ、夢中になって読んでいる」場面です。その古い本が、自分がいなくなった後も残った「自分の作った本」だったら…自分の存在も、まったくの無になるわけではないのかも、と感じられました。

十代前半のそんな夢を幸運にも実現し、送り出してきたたくさんの本。その中に、本当に、一人の人間の命より永い命を得て、未来の子どもたちと出会ってくれる本が何冊かでもあれば、本望！　という気がしています。

子どもの本の本屋さん〈第158回〉

埼玉県
川口市

# 須《す》原《はら》屋《や》 川口前川店

埼玉県で創業百四十八年を迎える老舗《しにせ》、須原屋。今回は川口前川店の店長・赤坂浩史《あかさかひろし》さんと、児童書担当の永井宏《ながいひろ》美《み》さんにお話をうかがいました。

**Q** 須原屋の創業は明治九年だそうですね。

**赤坂店長（以下、赤坂）** 初代高野幸吉《たかのこうきち》が、浦和に創業しました。戦争で休業状態に入った時期もありましたが、百四十八年間、看板を掲げ続けることができ、一貫して地域密着型で経営してきました。

創業以来、最も大事にしていることは「地域に愛される本屋」であること。「埼玉の本屋といえば須原屋」と思っていただけるような書店を目指し、現在は埼玉県内に七店舗を構えるほか、浦和を中心に学校向けの販売にも力を入れております。

**Q** 川口前川店の特徴を教えてください。

**赤坂** 当店は、全店舗のなかで売り場面積が一番広く、バラエティーに富んだ品揃えをしています。ショッピングモールの中にあるので、ファミリーでのお客さま、小さなお子さまも大変多くいらっしゃいます。

広々としていてベビーカーでも入りやすいのはいいのですが…それゆえに、お客さまが求めている本がすぐには見つからないというのが、長年の課題です。在庫はあるのに、お客さまが見つけられなかったために、「ほしい本がなかった」とがっかりしてお帰りになる…ということがないよう、案内や表示には、今後も細やかに対応していこうと思っています。

**Q** おふたりが書店員になられたきっかけと、子どものころお好きだった本について、お聞かせください。

**赤坂** 私は、学生時代に須原屋でアルバイトをしていました。卒業後は別の仕事に就いたのですが、数年して、やっぱり書店での仕事をしたくなり、須原屋に転職してから三十年以上が経ちました。

小学生のころは、親がそろえてくれた伝記が好きでした。子どものころに読んだものって、けっこう覚えているんですよね。例えば『リンカーン』に出てきたアメリカの大統領選の仕組みなどは、大人になっても記憶にあり、役に立ちます。

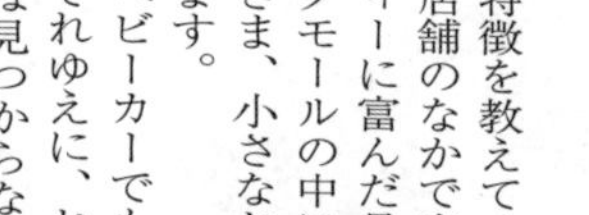

売り場面積が420坪ある、広い店内。入口に児童書売り場があり、週末には多くの家族づれが訪れます。

**永井さん（以下、永井）** 私も、学生時代に須原屋でアルバイトをしていて、偶然ですが、やはり大学生だった赤坂店長といっしょに働いていたんです。一時期、ほかの仕事をしていたのですが、書店の仕事が好きだったので、須原屋に戻ってきて、もう二十年以上勤務しています。

好きだった本でよく覚えているのは、中学生のころ、自分で買ったコバルト文庫。なかでも、新井素子さんの本が好きでした。

**Q** 須原屋さんでは、長く勤めている方が多いそうですね。

**赤坂**　そうなんです。スタッフには、アルバイトで何十年も働いているという人も多く、社員よりも本に詳しかったりして、とても助かっています。

**永井**　働きやすい職場なのだと思います。

**Q**　最近では、どんな本が人気ですか。

**永井**　小さなお子さまは、しかけのある絵本が好きですね、しかけ絵本のコーナーには、いつもお客さまがたえません。また、エリック・カールの『はらぺこあおむし』や、かがくいひろしさんの「だるまさん」シリーズなども、常に人気があります。小学生は、斉藤洋さんの「おばけずかん」シリーズ。補充してもすぐに売れるので、切らさないよう気をつけています。それから、「おしりたんてい」「かいけつゾロリ」といったシリーズも、相変わらずよく売れています。鈴木のりたけさんの『大ピンチずかん』も人気がありますね。

**Q**　弊社の新刊の『マップス・プラス』『まよなかのかいじゅう』を早速置いていただきまして、ありがとうございます！

**赤坂**　徳間書店さんは、児童書に限らず、さまざまなジャンルの本を出版されているので、どの売り場にも本があり、存在感がありますね。

**Q**　今後の抱負《ほうふ》をお聞かせください。

**永井**　私は実用書の担当が長く、実は児童書の担当になってまだ五ヶ月です。実用書の場合、ひとつの作品が急に何十冊も売れるということは、めったにありません。ですが、児童書は人気が出ると、何十冊も売れていくのが、とても新鮮で面白く感じています。

　最初は、前任が築いてくれたものをしっかり引き継がなくては…という思いで、これまで売れていた本を中心に展開してきました。ですが、少しずつ慣れてきましたので、私自身が売りたいと思う本も積極的に置いて、売り場を作っていきたいと思っています。また、紙の本が読みたい、という子どもたちを増やしていきたいです。

**赤坂**　埼玉が「県」になった明治初期から、須原屋は、埼玉県の発展とともに歩んでまいりました。

「本っておもしろい！」とお子さんたちに思ってもらえる場にしたいと語る、赤坂店長。

この地域には、全国展開の大型書店が複数あり、競争も激しいのですが、私どもは、これからも地域に密着し、郷土の文化を大事にしていきたいですね。郷土本や、埼玉出身の作家さんの作品、埼玉に関係する本などを、引き続き、豊富に揃えていこうと思っております。老舗《しにせ》ということにあぐらをかかず、この先を見据えて、はぶくものや、変えるものがないか、ひとつひとつを見極めながら、日々、実行していきたいと思っております。

　また、これまでお子さま向けにイベントを行ってきましたが、さらにイベントを増やし、より多くのお客さまが足を運びたくなるような工夫をしていこうと思っております。

**ありがとうございました！**

## お店の情報

須原屋
川口前川店

〒333-0842
埼玉県川口市前川1-1-11
イオンモール川口前川3F

TEL：045-263-5321
10：00～21：00

JR蕨駅よりバスで約10分

https://www.suharaya.co.jp/information/?id=6

絵本の魅力にせまる！

# 絵本、むかしも、いまも…

## 第161回「生きる営みの美しさを描く」
## シドニー・スミス『ぼくは川のように話す』

文：竹迫祐子《たけさこゆうこ》
いわさきちひろ記念事業団理事。同学芸員。主な著書に、『ちひろの昭和』『初山滋』他。

扉をめくると、見開きいっぱいに六コマの絵。ノートや服が散らかる床、恐竜のフィギュア、おもちゃの木馬、窓辺のレーシングカー、そして、鏡に映った少年の小さな後ろ姿と、クローズアップされた少年の眼。唐突に始まるこの場面に、瞬時に心を掴《つか》まれ、同時に、少し緊張します。頁が進むにしたがって、少年には吃《きつ》音《おん》があり、この日は一段と憂鬱《ゆううつ》な朝を迎えたことがわかってきます。学校では毎日、「世界で一番素敵な場所」について話すことになっていて、この日は少年が話す番。けれど、やはりみんなの前ではうまく話すことができず、級友の目が少年には鋭く突き刺さるようです。

絵本『ぼくは川のように話す』は、カナダの詩人ジョーダン・スコットの自伝的物語。そして、繊細《せんさい》な少年の内面を見事に絵に描いたのは、二〇二四年の国際アンデルセン賞画家賞を受賞したシドニー・スミスです。二〇二三年九月に板橋区立美術館の招きで来日し、JBBY（日本国際児童図書評議会）でも講演しました。

一九七八年、カナダのノバスコシア生まれ。小さい頃は、昏睡患者になるひとり遊びを思いついたり、エドワード・ゴーリーの絵本やマザー・グースなど、ちょっと怖いグロテスクな話が好きな子どもだったと言います。彼は、子どもは「複雑な気持ち」を持っていて、「絵本は、そうした様々な感情を安心して味わうことができる」ものであり、「子どもは絵本を見ながら、複雑で多様な感情の地図を作っている」と語ります。

はじめて絵本を手掛けたのは、地元の美術大学で学んでいた頃。周囲の学生の多くが前衛的なコンセプチュアル・アートを手掛けていたなか、彼は、男の子が旅する物語を五場面のリノカット版画で描きました。特定の画風に縛られることなく、それぞれの物語に最も適した描き方を選ぶというスミスですが、この『ぼくは川のように話す』では、輪郭線を描かず水彩絵具の色のにじみを多用し、少年の内面を描きました。また、傷ついた心を表すために、描いた少年の顔の画面を削るスクラッチングといった表現も試みています。

絶妙な場面作りと画面展開、そして、光の描写には、美大で学んだ映像表現が活きて《い》います。冒頭の六コマの絵も、読者の視線の移動を促し、あたかも映画を観ているよう。

絶望的な気分の少年を、放課後、父親は川に連れて行き語ります。「おまえは、川のように話しているんだ」と。泡立ち、渦巻き、波打ち、砕け…。見開きの画面いっぱいに描かれた少年の顔は、後ろから光が当たり、耳の産毛まで見えるようですが、その場面をさらに左右に開くと圧巻。横二倍の画面に広がる夕日にきらめく川面と、その中を行く少年の後ろ姿。この心象風景からは、少年の心が少し前に進んだことが読み取れます。

シドニー・スミスの絵は、穏やかな色の中にもダークな色合いを混在させ、光の傍《かたわ》らに闇を置き、人が生きゆく営みを、その困難を含めて美しいものとして捉《とら》え、伝えます。

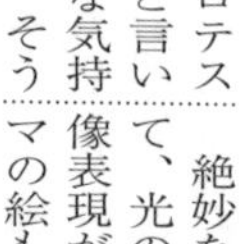

『ぼくは川のように話す』
ジョーダン・スコット 文
シドニー・スミス 絵
原田勝 訳
初版 2021年
偕成社 刊

野上暁の児童文学講座

# 「もう一度読みたい!」'80年代の日本の傑作

## 第90回 ときありえ『のぞみとぞぞみちゃん』(一九八八年/理論社)

文:野上《のがみ》 暁《あきら》
児童文学研究家。著書に『子ども文化の現代史〜遊び・メディア・サブカルチャーの奔流』(大月書店)ほか。

もうすぐ小学校に入学する少女の、微妙に揺れ動く気持ちにしなやかに寄り添って、その不安と喜びを奇抜なシチュエイションで描き出したこの作品は、一九八九年度日本児童文学者協会新人賞を受賞して、その新鮮さが話題になりました。

パパとママの「のぞみの星」だからと名前がつけられたのぞみちゃんですが、自分のことを「ぞぞみ」としか言えません。

公園で遊んでいて、気が付くとあたりが薄暗くなっていました。あわてて家に帰ると、家には誰もいません。のぞみが居間をのぞくと、オカッパ頭の女の子が後ろ向きに座っています。女の子がパッとこちらを向くと、その顔はまるで鏡から抜け出してきたように、のぞみと瓜二つ。「あんた、だれ?」と、のぞみが聞くと、「わたし、ぞぞみよ」と女の子。のぞみは怖くなって、「おかあさーん」と泣きそうになって、叫びます。ところが、ぞぞみちゃんは平気でチョコレートを持ってきて一緒に食べようと言ったり、お人形さんごっこをしようと誘ったり、冷蔵庫から牛乳パックを持ってきて、のぞみと一緒に飲もうとしたり、鬼ごっこを始めたりと、勝手に決めてのぞみを巻き込みます。

そこにお母さんがスーパーの紙袋を持って帰ってくると、ぞぞみちゃんの姿はどこかに消えていました。

保育園で友だちとケンカしたのぞみが、一人で土だんごを作っていると、前回出会った時よりも背が高くなったぞぞみちゃんが現れます。ぞぞみちゃんが「もうすぐ学校だから、あんたなんかより、ずーっとおねえちゃんだよ」と言うと、のぞみも負けずに、「あたしだって、こんど、おねえちゃんになるんだから!」と言い返します。お母さんのおなかが大きくて、もうすぐ赤ちゃんが生まれるのです。「赤ちゃんが大きくなったら、おままごとや、お人形さんごっこしてあそぶんだから」とのぞみが言うと、ぞぞみちゃんは、「赤ちゃん、お人形ごっこ、しないよ。だって男の子だから」そして、「赤ちゃんなんて、うるさいだけ…。それに、赤ちゃんが生まれたら、おかあさん、今までの半分になっちゃうんだからね」と意地悪を言います。

しばらくして赤ちゃんが生まれると、ぞぞみちゃんが言ったとおりに男の子で、お母さんは半分にはならなかったけれど、赤ちゃんにかかりきり。でも、やっぱり赤ちゃんはかわいいと、のぞみは思うのです。

田舎のおばあちゃんの家でカラスアゲハを捕まえそこねた後、アリの頭と胴と尻をちぎり取ったとき、「いけないんだ! ウッハァに、いってやるから」とぞぞみちゃんの声。まるで意味不明のウッハァのバチが当たったかのように、のぞみは水ぼうそうにかかってしまいます。

のぞみとぞぞみちゃんの不思議なやり取りを通して、幼児期から学齢期へ、心身ともに著しくメタモルフォーゼする時期の、少女の気持ちを鮮やかに映し出した、通過儀礼的な幼年童話の傑作です。

『のぞみとぞぞみちゃん』
ときありえ 作
橋本淳子 絵
初版 1988年
理論社刊

# 著者と話そう 竹中淑子《たけなかよしこ》さん根岸貴子《ねぎしたかこ》さんのまき

六月新刊『むかしむかし あるところに たのしい日本のむかしばなし』の著者で、子どもの本や図書館の児童サービスについて研究し、講座を開催している「子どもの本研究所」の竹中淑子さん、根岸貴子さんにお話をうかがいました。

**Q** 子どもの本研究所の設立から今年で三十年とのこと、根岸さんと竹中さんおふたりで、立ち上げからずっと運営していらっしゃいます。おふたりの出会いを教えてください。

**根岸** 私は子どもの本の仕事がしたくて慶應義塾大学文学部図書館学科に入りました。一九六〇年代、同学科の渡辺茂男先生から児童サービスを学んだ学生たちが、子どもの本を読む自主的な勉強会を開いていました。会のメンバーは、毎週土曜日になると、都内の三つの家庭文庫（土屋滋子さんの入舟文庫、土屋文庫、石井桃子さんのかつら文庫）で、本を読んだり、子どもに本を読んでやったり、お話を語ったりしました。文庫は、学生たちにとって児童サービスの実習の場だったのです。

**竹中** 私は専攻が違ったのですが、渡辺先生にお願いして授業を聴講、勉強会にも参加させてもらいました。根岸さんとは、その勉強会で出会いました。卒業直前に、入舟文庫の「お姉さん」にもなりました。その頃には、松岡享子さんもご自宅に松の実文庫を開かれ、四つの家庭文庫の「お姉さん」たちを集めて、ストーリーテリングの勉強会を始められました。

**根岸** 私は調布市立図書館に勤めながら、松岡さんの勉強会にも参加していました。やがてその勉強会では、文庫の限界を越え、お役所の枠に縛られない、自由で実験的な、理想の児童図書館についても語りあうようになりました。そして一九七一年、「東京子ども図書館」設立のための準備委員会がスタートしたのです。

**竹中** 準備委員会では当初から「お話の講座」や、「えほんのせかい こどものせかい」等の小冊子の発行などを行いました。児童書の出版や文庫活動が盛んになる時代の中で、この活動は熱気をもって受け入れられ、その反響の大きさには皆で驚いたものです。

**根岸** 二年間の準備期間を終えて、七四年に東京都の認可を受け、松岡さんを理事長として、正式に財団法人東京子ども図書館が発足しました。私は主に資料室の、竹中さんは出版の仕事をしながら、児童書を読んで選書し、子どもにお話を語り、また、初期のメンバーと共にお話の講座の講師などをして働きました。

九三年にふたりとも東京子ども図書館を辞めました。時間ができたので、日本の公共図書館や日本の児童文学についてきちんと勉強したいと思い、図書館の資料を借りて読み漁ったものです。そして、自分たちが経験したこと、学んだことを、子どもと本の現場で活動している人たちとも分かち合いたいと考え、翌年「子どもの本研究所」を設立し、小規模の講座を開いて

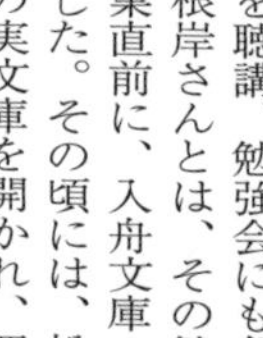


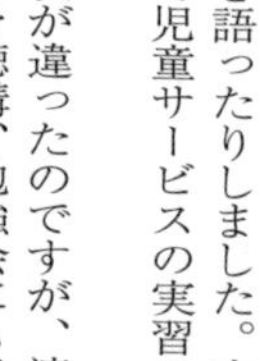


左:『むかしむかし あるところに たのしい日本のむかしばなし』堀川理万子絵（2024年６月刊）
右:『はじめての古事記 日本の神話』スズキコージ絵（2012年11月刊）

きました。

**竹中**　私たちは、児童図書館員は子どもの本を読んでいなければ仕事はできない、と思っています。そこでまず、児童室の基本図書になるような本を丁寧に読んで、素朴に感想を述べ合うという「子どもの本を知るセミナー」を開きました。「お話を語る」講座も最初の頃からずっと続けています。また、児童サービスの基礎を学ぶ講座、絵本について学ぶ講座など、いろいろなことをやってきましたが、今年度からこうした活動は縮小していく予定です。

**Q**　二〇一二年に徳間書店から刊行した『はじめての古事記』は、九刷まで版を重ね、現在約二万部発行しています。この本は、「小学校での読み聞かせに使える『古事記』がほしい」という現場の要望にこたえて生まれました。

50年以上児童サービスとむきあってきた竹中さん（左）と根岸さん（右）。

**根岸**　そうですね、神話の部分だけをやさしいお話にまとめたものですが、他の仕事をしながらだったので、十年以上かかりました。国文学者で歌人の岡野弘彦先生のご講義を聴講したり助言をいただいたりできたのは幸運でした。

**Q**　『むかしむかし　あるところに』も同じように生まれたのでしょうか？

**竹中**　私たちは、学生の頃から子どもたちにお話を語ることで昔話と関わってきました。創作のお話を語ることもあるのですが、子どもたちを惹きつける力は、断然昔話の方が強いのです。また長年講座を通して大勢の受講生の語る昔話を聞いてきました。聞けば聞くほど昔話は面白いというのが実感です。昔話こそ、お話（物語）の原点だと私たちは考えています。

　昔話は語られることでいちばんその魅力を発揮するのですが、語り手や読み手が身近にいない子どもたちにも昔話の面白さが伝わるような本があればと考えたのです。

**根岸**　日本の昔話は昔の日本人の暮らしや言葉と密接に結びついています。その昔話を今の子どもに差し出すには、伝承文学の特徴を守りながら、お話そのものの面白さを前面に出した再話が必要だと思いました。お話選びも低学年くらいを対象に、「ももたろう」「カチカチ山」などの五大昔話のほかに何を入れるか試行錯誤しました。また昔話は方言と切っても切れない関係にあるのですが、子どもが自分で読むことを考えて、あえて方言は使わないことにしました。耳で聞いてわかりやすいか、日本語のリズムを生かした文章になっているか、何度も声に出して確かめました。

**Q**　子どもと本の出会いの場として「図書館」が大切だという研究所のお考えについてお聞かせください。

**竹中**　今はあらゆる情報がネットで手に入る時代ですが、子どもが本の情報、とくに時代を越えて多くの子に受け入れられる、読みやすくて面白い物語の本について知る機会は少ないのです。図書館はすべての子どもに読書を強いるところではありません。でも本の世界を知り、子どもを知る児童図書館員たちは、常におすすめの本を展示したり、紹介したり、お話を聞かせたりして、「本の世界に子どもたちを招き入れる」ことに力を尽くしています。

　そのような場―公共図書館―を守ることこそ大人の責任ではないでしょうか。

# 私と子どもの本

## 第154回「母が愛した森の王国の物語」『かわせみのマルタン』

文：柳井《やない》 薫《かおる》
国際基督教大学卒業後、英米文学翻訳に努める。訳書に『ラッキーボトル号の冒険』（徳間書店刊）他。

寝る前に母に本を読んでもらうのが好きだった。

母は婦人服の職人で、うちの居間にはプロ用のミシンとアイロンとマネキンがあった。母には銀座の百貨店から注文が途切れず（一九七〇年頃、高級な服はオーダーするものだった）、マネキンにはつねに輸入生地のシャネル風スーツやウェディングドレスが（縫いかけで）着せられていた。夜はシンプルなロングドレスだったのに、朝起きて見たらスパンコールが波紋のようにたくさん付いていてビックリしたこともある。今思えば、母は徹夜していたのだ。

寝不足の母は、横になって私に本を読んでいると〝半眠り〟になり、「明日のご飯は…」などと変な寝言が始まる。私は母をゆすって起こし、「ちゃんと読んで」と厳しく催促した。

好きな絵本の文を丸暗記していた五歳くらいの私は、それをつぶやきつつ絵本を何度もめくったからか、平仮名は読めた。つまり短い絵本なら自分で読めたのだ。でも、仕事や家事の手をめったに休めない母を、寝る前だけは独占したかった。長い本なら母を長く独占できる。『かわせみのマルタン』は、当時私の持っていた本の中では長いほうだった。それに、『マルタン』なら、母は眠らなかった。

正直、当時の私にはむずかしい本だった。森の自然や生き物の描写が長く、主人公のマルタンがなかなか出てこない。しかし母は、ウナギやザリガニの話を「すごいね」と楽しんだ。「いい絵だねえ」と、音読を中断してイラストをながめることもあった。「これがわたしの王国です。というよりも、一羽の鳥がここの王さまになるまでは、わたしの王国だったのです」という独特の語り口も気に入っていたようだ。

「『わたし』ってだれ？」とたずねると、「この本を書いた人でしょ」と、母。

今回調べてみて、著者のリダはプラハ出身の女性で、障害児教育にたずさわった後、パリで「カストールおじさんの動物物語シリーズ」の多くを仏語で書いたと知った。絵のロジャンコフスキーは「バレエ・リュス」（二十世紀初頭のパリで人気だったバレエ団。作曲家ストラヴィンスキー、ダンサーのニジンスキーなど一流アーティストが集結した）にも関わった人。ピカソやダリとバレエの舞台美術の仕事をしたのかもしれない。

私が七歳になる前に弟が生まれた。病弱で何度も入院し、元気になると歩行器で駆けまわってマネキンを倒した。母はしかたなく百貨店の仕事をやめ、うちで仮縫いをする馴《な》染《じ》み客の服に専念した。第二子での離職はその頃もあった。

いっぽう、『マルタン』の森の世界を味わえるようになった私は、中学時代は短縮版ではない「シートン動物記」も読破。今も自然についての本は好きで、そうした本の翻訳や編集を依頼されると楽しんでいる。

赤ちゃん期を脱した弟は、「カストールシリーズ」の中では『りすのパナシ』が好きだった。母は『マルタン』が読みたいのに、「マルタンは死んじゃうからイヤ」といった。どの家にも、ものがわからないやつが一人はいるものだ（笑）。

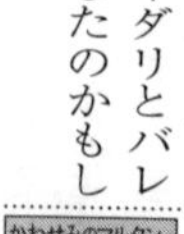


『かわせみのマルタン』
リダ 文
ロジャンコフスキー 絵
いしいももこ・おおむらゆりこ 訳
福音館書店

## 上大崎発 読書案内

### 心のこわばりをほぐすには…

編集部おすすめの本をご紹介します。

『わたしの名前はオクトーバー』は、森で育った少女が、疎遠だった母と急に街で暮らすことになった日々の葛藤と成長を描いた物語です。

主人公のオクトーバーは、電気もガスもないロンドンの森の中で、父とふたりで暮らしています。畑で野菜を育てて主な食糧を得ていますが、完全に外界とのつながりを断っているわけではなく、自分たちで作れないものは、別途入手。たとえば乳製品は、近所（車でしばらくかかる）の酪農家に野菜と交換してもらい、服は年に一度ほど村に買い物へ。学校には行かず、勉強は父親の指導のもと、雲の名前を学んだり、森の地図を描いたり…。家には本もたくさんあります。オクトーバーは、そんな森での暮らしを愛しています。

母親は、オクトーバーが四歳のときに、森の生活に限界を感じて家を出ています。そのとき娘も連れていこうとしたものの、オクトーバーはついていきませんでした。四歳という年齢を考えると、森を離れたくないとか、父と一緒にいたいとか、明確な考えがあったかどうかは判断が難しいところですが、ともかく今のオクトーバーは、母を、野生の暮らしを捨てた人として憎んでおり、しょっちゅう届く母からの手紙も、いっさい読もうとしません。

ところが、十一歳の誕生日、オクトーバーは森の暮らしを切り上げざるを得なくなります。その日、誕生日だからと母が会いにきたのですが、顔を合わせたくない一心で、オクトーバーは、木の上へ。それを追いかけて自分も木に登った父は、枝が折れて転落し、腰の骨がくだける大けがをしてしまうのです。

こうしてオクトーバーは、ロンドンの母の家で暮らすことになります。ずっと避けてきた母と生活しなくてはならない状況に、いら立ちは募ります。また、父のケガのきっかけを作ったのは自分であるという事実も、重く心にのしかかります。加えて、学校にも通うことになり、大勢の子どもたちと同じ空間にいなくてはならない、慣れない生活、かわいがっていたフクロウのヒナを保護センターに預けさせられたこと…。オクトーバーは、常に心に怒りを抱えた状態で、町での生活を送り始めます。

そんなオクトーバーの心がほぐれていくきっかけとなるのは、自由研究で組むことになったクラスメートのユスフ。「ふざけてばかりの男子」のユスフのテンションに巻き込まれる形で、オクトーバーは、他者とのコミュニケーションを積みかさねるうち、自分を客観的に見つめ、成長していきます。それに伴い、母への態度も、少しずつ（本当に少しずつ少しずつ…！）軟化していくのです。

父とふたりきりの森での生活が、安心で心地よかったのは確かでしょう。でも、社会に出ることでオクトーバーが強くなっていく様子に、ほっとさせられます。

少女が母との関係を修復するための処方箋は、何か特別なものではなく、社会との関わりを持つことでした。一人称の語りから伝わる、ぶつけようのない怒りやいら立ちは、読んでいると苦しくなるほどですが、人と話をするというごくあたりまえの行為が救いとなる、心洗われる一冊です。

（編集部・田代）

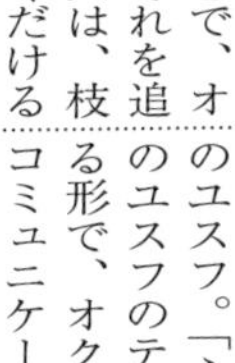


『わたしの名前はオクトーバー』
カチャ・ベーレン 作
こだまともこ 訳
2024年
評論社

# 徳間のゴホン！

## 第155回「上手に生きようとしなくていいよ」

『おもちゃ屋のねこ』は、一匹のねこと不思議な木箱をめぐって、女の子とその周りの優しい人たちの交流を描いた、心あたたまる物語です。

　小学生四年生くらいのハティは、学校の帰りに大おじさんテオの経営する小さなおもちゃ屋さんに寄り、お母さんが仕事を終えて迎えにくるまでのあいだ、店を手伝っています。

ある夏のお昼どき、ハティが店に着くと、一匹のねこがショーウィンドウのおもちゃの並ぶ棚の上で丸くなり、眠っていました。体の色は、深みのある茶色と黒。毛は、つやつやしています。目をさましたねこの目の色は、明るいあざやかな緑色で、ハティはすぐに、賢そうなねこだと思います。

テオおじさんは店の入り口のドアに張り紙をしてねこの飼い主を探しましたが、飼い主は現れず、迷子のねこは店に居ついてしまいました。人の足のあいだをくるり、くるりとまわるので、ハティはそのねこに「クルリン」と名付けます。

　クルリンがやってきた日から、通りを歩く人たちが、店の前で足をとめてショーウィンドウにいるクルリンを見るようになり、店に入ってきたお客さんは、クルリンが転がして遊ぶ大きなビー玉やクルリンのそばにあるおもちゃをよく買ってくれるようになりました。

　一方で、あやしげな老夫婦が何度もお店を訪れるようになりました。女の人は晴れているのにレインコート、男の人は夏なのにオーバーコートを着ていて、店のおもちゃを長いあいだ見てまわり、結局何ひとつ買わないで帰っていくのです。また、店にはテオおじさんが見たことのない小さな木箱が次々に見つかるようになって…。

　この物語の魅力は、テオおじさんの店に幸運を運んできたクルリンと綺麗な木箱ですが、わたしが気に入っているのは、生きるのが少し下手だけれど心優しい大人たちが描かれていることです。テオおじさんは真面目に仕事をしていますが、おもちゃが買えない子どもには思わずタダであげてしまいそうになるお人好しで、店のおもちゃが売れなくてもあまり気になりません。あやしげな老夫婦も、事情がわかれば良い人たちなのですが、この夫婦が実際に社会にいたら、きっと変な人に見られてしまうでしょう。

　競争がはげしい現代の社会のなかにも、彼らのような大人たちはたくさんいますし、効率よくタスクをこなすことが求められる今の子どもたちにとって、生きるのが下手な優しい大人たちと本の中で出会えることは、小さな財産ではないでしょうか。

　人生が、この物語のようにうまく進むことはあまりないかもしれません。でも、生きるのが下手な人にも居場所がある、お互いを認め合える寛容な社会であってほしいと思いますし、今生きづらさを感じている子どもがいたら、上手に生きようとしなくていいよ、大丈夫、と伝えたいです。

　読者の子どもたちが、ありのままの自分を肯定し、安心して過ごせますように。

　ぜひ一度本を手にとってみてはいかがでしょうか。（編集部　高尾）

『おもちゃ屋のねこ』
リンダ・ニューベリー 作
田中薫子 訳
くらはしれいい 絵

# 編集部のこぼれ話

**○月×日**

今年はボローニャ児童図書展へ、いとうひろしさんがいらっしゃいました。この二年ほどの間に、『ごきげんなすてご』の英語版とドイツ語版が出版され、話題になっているので、それぞれの版元を招いて『ごきげんなすてごディナー』を催しました。子どもの本の話だけでなく、キリスト教美術や仏教美術の話などでも盛り上がり（通訳担当は大汗をかきましたが！）楽しい晩になりました。

フェア会場でのいとうさんと、ドイツの出版社の方（右）。

いとうさんが絵入りのサインをされた「ごきげんなすてご特製布バッグ」のお土産も、カワイイ！　使うのもったいないから額に入れて飾る！　と大好評でした。

イラスト入りのサイン。

**○月×日**

第71回産経児童出版文化賞贈賞式が行われました。『図書館がくれた宝物』（ケイト・アルバス作）が翻訳作品賞を受賞、翻訳者の櫛田理絵さんと担当編集が登壇し、賞状を受け取りました。

出席された佳子内親王殿下からは、「非常に困難な状況で、悲しいことが多い中、本を読むことが三人を支え、図書館の司書と交流し絆が育まれていく様子が心に響きました」というご感想をうかがいました。

櫛田さん、受賞おめでとうございます！

**○月×日**

『図書館がくれた宝物』は青少年読書感想文全国コンクール課題図書（小学校高学年の部）に選ばれています。ぜひご覧ください。

**○月×日**

「君たちはどう生きるか展　レイアウト編」に行ってきました。映画の詳細な設計図であるレイアウト。何度も修正された線や、メモ書きが残る展示に、制作現場の片隅にいるような錯覚も覚え、高揚しました！

●君たちはどう生きるか展レイアウト編　開催中〜十一月（予定）

三鷹の森ジブリ美術館（東京）

アニメ絵本も好評発売中！

**■村上康成の世界展開催！**

絵本『ピンク、ぺっこん』や児童文学『黄色い竜』の作者、村上康成さんの原画展が開催中です。ぜひお運びください。

「村上康成の世界展　うみ・やま・かわに抱かれて―絵本作家のワイルド・ライフ・アート―」

●佐野美術館（静岡県）

開催中〜八月四日（日）

**■三十周年しおり配布中です。**

徳間書店の児童書創刊から今年で三十周年。それを記念して、既刊のイラストを使用したしおりを書店さんで配布しています。七月は『ピンクぺっこん』八月は『ごきげんなすてご』。書店で見つからなかったという方は、左記アドレスへお申し込みください。

tkchild@shoten.tokuma.com

**メールマガジン配信中！**

ご希望の方は、左記アドレスへ空メールを！（件名「メールマガジン希望」）

→tkchild@shoten.tokuma.com

**児童書編集部のX（旧ツイッター）！**

Xでは、新刊やイベント、ｎｏｔｅの投稿告知など、さまざまな情報をお知らせしています。

→@TokumaChildren

**児童書編集部のインスタグラム！**

インスタグラムでは、新刊情報をお知らせしています。

→http://www.instagram.com/tokuma_kodomonohon/

# 絵本７月新刊

## うみの まもの

「うみには、まものがいるんだよ。えものをとりすぎると、あらわれるからね。よくばったらいけないよ」

　男の子は、ばんごはんのえものをとりに、海に出ました。大きなうつぼをつかまえた！　でも、もっと大きなえものはいないかな？　大きないかをつかまえた！　まものなんかあらわれないし、もっとえものをとりたいな…。

　少年がえものをとると、そこには、ぽっかり白いあな。とればとるほど、あながあき、あながいくつも組み合わさると、あれれ、大きな顔があらわれた？

　作者は、関野吉晴の「海のグレートジャーニー」に同行、漂海民のバジョの暮らしぶりやインドネシアのマンダールに伝わる魔物の話、サンゴ礁で引き潮にあい、船をこげなくなった体験などをもとにこの絵本をつくりあげました。ちょっとこわくてドキドキする、読み聞かせにぴったりの絵本です。

７月刊　絵本

まえだじろう作・絵
３１cm／３２ページ
５歳から
定価一八七〇円（税込）

## 気のつよいちいさな女とわるいかいぞくのはなし

　さん橋の先の小さな家に、気のつよい小さな女の人が住んでいました。くつ下をあんだり、さかなをつったり、バグパイプをふいたりして、ひとりきりで、とても楽しくくらしていたのです。

　ところがある嵐の日に、窓やドアをたたく者がありました。

「おれはわるいかいぞくだ。中に入れろ！」

「おことわりよ！　とっととい なくなったほうが身のためよ」

「気のつよい」対「わるい」の言い合いはどんどん激しくなっていき…？

　海が大好きだというニュージーランドの人気作家ジョイ・カウリーのお話が、『アーヤと魔女』の佐竹美保の絵で、美しい絵本になりました。お天気によって色の変わる広々とした海と空を背景に描かれる、「ひとりきり」の二人の出会いが胸にしみる、心に残る絵本です。

７月刊　絵本

ジョイ・カウリー文
当麻ゆか訳
佐竹美保絵
１９cm／３４ページ
５歳から
定価一七六〇円（税込）

# 絵本7月新刊

## カブトムシみっけ！

つのがあって、かっこいいカブトムシ。いつ、どこに行けば、会えるかな？ どうやってさがせばいいんだろう？

カブトムシが見られるのは、六月から八月にかけて。人の住む場所に近い、雑木林に生息し、夜、活動します。

まずは昼間、雑木林に行って、カブトムシの集まりそうな木を見つけておきます。

カブトムシが好むのは、コナラやクヌギの木の樹液。クヌギやコナラをさがす手がかりとなる葉や幹の特徴や、樹液の出ている木のさがし方を、ていねいに紹介。その他、カブトムシのけんかや交尾、幼虫が育つようすなども、たくさんの写真とともにわかりやすく説明します。

カブトムシを見つけるためのコツを、子どもの目線で、具体的に紹介。自然観察のための写真絵本。

7月刊　絵本

里中正紀構成・文
B5判横
32ページ
5歳から
定価一八七〇円（税込）

## ■好評既刊　夏休みにおすすめの本

ひがたは　たからばこ
青いカニみつけた

海べの水がひくと、広いどろの地面があらわれる。「ひがた」だ。どろばかりに見えるけど、たくさんの小さないきものに会える、たからばこのような場所だ。シオマネキや、ミナミコメツキガニ、コメツキガニ…。四十年以上海の生き物を撮り続けてきた海洋写真家が、西表《いりおもて》の干潟の小さな世界に見つけた大自然の営みを紹介します。自然への興味をはぐくむ写真絵本。

よしのゆうすけ写真・文／B5判横／32ページ／5歳から／定価一八七〇円（税込）

ため池の外来生物
がわかる本

池の水をぬいて、ゴミや外来生物をとりのぞく「かいぼり」。外来生物というのは、どんな生きものなのでしょう？ 外来生物は悪者なのでしょうか？

前半では、ため池の歴史や、かいぼりについて詳しく紹介。後半は、かいぼりで実際に見つかった外来生物を取り上げ、たくさんの写真とイラストでわかりやすく解説しています。外来生物をきちんと理解できる一冊。

加藤英明文／31㎝／48ページ／小学校中学年から／定価一五四〇円（税込）

# 絵本8月新刊

## ムーミンのめくってあそぼう！100のことば

8月刊　絵本

トーベ＆ラルス・ヤンソン原作
当麻ゆか訳
26cm／14ページ
一歳から
定価一八七〇円（税込）

ムーミントロールとなかまたちと一緒に、しかけをめくりながら、100のことばをおぼえましょう！

そとからうちへはいるところにあるのは、とびら。かべには、まどがあります。

うちの中には、なにがある？　テーブルやいす、とだな、ゆかにはしきもの。

ごはんのじかんに、テーブルの上にあるものは？

くだものに、コップ、ナイフやフォーク。ケーキのしかけをめくると、つまみぐいをしている、ちびのミイがいた！

そとあそび、そらにはくもがうかんでいます。チョウチョウもいます。

テントのまくをめくると、中にいたのはスナフキン！

しげみのかげで、ムーミントロールがあいさつをしているのは、リス！

うみべにあるのは…？

しかけをめくって、楽しく遊びながら、いろいろなことばを覚えられる絵本です。

## ■好評既刊　読書感想文におすすめの本

なまけものの王さまとかしこい王女のお話

ナニモセン五世は、とてもなまけものの王さま。毎日ごちそうを食べて寝てばかりいるうちに、病気になってしまいました。国中の医者も病気を治せません。そこで娘の王女ピンピは、病気を治せる人を探しに森へと出かけ、かしこい羊飼いたちに出会いました。みんなで考えた「病気を治す作戦」とは…？

ミラ・ローベ作／ズージ・ヴァイゲル絵／佐々木田鶴子訳／B6判／136ページ／小学校低中学年から／定価一四三〇円（税込）

やまの動物病院②
とらまる、山へいく

まちの動物病院で飼われている、ねこのとらまるは、夜になると、「やまの動物病院」を開いて、山の動物たちの病気やけがを治してしまいます。ある晩、とらまるは、ウサギのおばさんから、山へ往診に来てほしいとたのまれました。さっそく山へむかってみると…？　オールカラーのさし絵がたっぷり入った、いろんな動物が登場する楽しい幼年童話です。

なかがわちひろ作・絵／A5判／64ページ／小学校低中学年から／定価一八七〇円（税込）

# 児童文学8月新刊

## 犬を飼ったら、大さわぎ①
## トイプードルのプリンセス

8月刊　文学

表紙イメージ

トゥーイ・T・サザーランド作
相良倫子訳
B6判／232ページ
小学校中高学年から
定価一六五〇円（税込）

わたしはロージー。5年生のメキシコ系のアメリカ人。うるさい兄が4人いる。だからわたしは、味方になってくれるプリンセスみたいなおしとやかなトイプードルが飼いたくてたまらなかった。

夏休みが終わったころ、兄のアニーと、飼いたい犬のことでけんかをした。それがきっかけになって、きょうだいで公平な勝負をして、一番になった者が飼う犬種を選ぶことになった。

わたしは勝負に勝って、大好きなトイプードルが飼えることに！

でも、家にやってきたのは、毛並みがぼさぼさで、どろ遊びが大好きな子犬だった。こんなはずじゃなかったのに…？

少しずつ、やんちゃな子犬を受け入れていくロージー一家を描く、楽しくて心あたたまる物語。

## ■好評既刊　読書感想文におすすめの本

おじいちゃんとの最後の旅

おじいちゃんは今、入院している。おじいちゃんは、きたない言葉ばかり使うけれど、ぼくは好き。ある日おじいちゃんから、死ぬ前に一度、おばあちゃんと暮らしていた家に戻りたいと頼まれたぼくは、カンペキな計画を立てた…。切ない現実をユーモアを交えて巧みに描く、感動の物語。

ウルフ・スタルク作／キティ・クローザー絵／菱木晃子訳／B6判／168ページ／小学校中高学年から／定価一八七〇円（税込）

図書館がくれた宝物

課題図書

第二次世界大戦下のロンドン。ウィリアム、エドマンド、アンナのきょうだいは、親代わりだった祖母を亡くし、三人きりになってしまった。そこで、弁護士の提案で、田舎に学童疎開することに。ロンドンより安全だし、ひょっとしたら「親」になってくれる人が見つかるかもしれない…。本好きなきょうだいの心あたたまる物語。

ケイト・アルバス作／櫛田理絵訳／B6判／384ページ／小学校高学年から／定価二〇九〇円（税込）

◆読者のみなさまへ◆

## 「子どもの本だより」を定期購読しませんか？

　徳間書店の児童書をご愛読いただきありがとうございます。編集部では「子どもの本だより」の定期購読を受けつけています。お申し込みされますと二カ月に一度「子どもの本だより」をお送りする他、絵本から場面をとった絵葉書（非売品）などもお届けします。ご希望の方は、八百円（送料を含む一年分の定期購読料）を郵便振替（加入者名・㈱徳間書店／口座番号・00130・3・110665番）でお振り込みください（尚、郵便振替手数料は皆様のご負担となりますので、ご了承ください）。

　ご入金を確認後、一、二カ月以内に第一回目を、その後隔月で「子どもの本だより」（全部で六回）をお届けします（お申し込みの時期により、多少、お待ちいただく場合があります）。

　また、皆様からいただくご意見や、ご感想は、著者や訳者の方々も、たいへん楽しみにしていらっしゃいます。どうぞ、編集部までお寄せ下さいませ。

## 読者からのおたより

●このコーナーでは編集部にお寄せいただいたお手紙や、愛読者カードの中からいくつかを、ご紹介しています。

**●絵本『かっぱのかっぺいとおおきなきゅうり』**

　絵本に出てくるワニさんやきょうりゅうの大きさにびっくり！　読み聞かせする時の、子どもたちのわくわくしたかわいい顔が目に浮かんできます。

　ユーチューブを見て育っていく子どもたち…、絵本の世界の楽しさを味わってもらいたいです。

（島根県・和田よしみさん）

**●絵本『ようちえんにいきたいな』**

　主人公がアヒルの子で、小さい子に親しみやすく、温かい空気が伝わってきました。読んだ子どもが、想像力を働かせることによって、現実に向き合うきっかけになる絵本だと思いました。

（静岡県・O・Iさん）

**●絵本『アンダーアース・アンダーウォーター　地中・水中図絵』**

　本が大きくて存在感があり、手に取りやすく、内容も興味深かったです。特に、海の中を興味津々に見ました。

（広島県・A・Tさん）

**●絵本「おたすけこびと」シリーズ**

「おたすけこびと」シリーズを全巻購入しましたが、いつ読んでも新しい発見（こびとさんの動き、髪型など）があるようで、子どもが見つけてはゲラゲラ笑っています。おかげで、毎晩の就寝前の読み聞かせが楽しくて、幸せです。

（広島県・A・Sさん）

**●児童文学『ぼくの弱虫をなおすには』**

　五年生に進級するのがこわいゲイブリエルが、フリータと、こわいものリストを作って、こわいものを克服していくところがおもしろかった。

（千葉県・Y・Mさん・十一歳）

**●アニメ絵本『君たちはどう生きるか』**

　色彩がとても優しく、リラックスして読めました。とても丁寧に作られていて感動し、安らぎました。宮崎駿さんは、どんな気持ちを伝えたいのか…人間と自然のありよう、命の基本は何なのか…。すばらしいファンタジー作品に引き込まれ、だれもが読むべきと思いました。

（静岡県・I・Kさん）

「見えるか？」おじいちゃんは、もう一度きいた。

「うん」

「ちっとも見えてないだろ」

「う、うん」

おじいちゃんはぼくと同じものを見てるわけじゃない、とぼくにはわかった。おじいちゃんが見ているのは、以前《いぜん》にあったもの。おばあちゃんが生きていたころ、この海路を何千回と行き来したときに目にしたものだ。おじいちゃんは時間をさかのぼっている。顔を見ればわかる。いつもと同じ、くたびれたしわだらけの顔だけど、そのしわのうしろに、若《わか》いときのおじいちゃんがいるんだ。

「むこうに着いたら、なにするの？」ぼくはきいてみた。

「もう一度、あの家が見たい。タイル張《ば》りのストーブに火を入れたい。それから窓辺《まどべ》の椅子《いす》にちょっとすわって、おばあちゃんがいつもしていたように、海をながめたい。あいつがなにを見ていたのか、わしには、さっぱりわからなかった」

「おばあちゃんは、なにかを考えてたんだと思うな」

「なにかって、なんだ？」おじいちゃんは声《こえ》をあらげた。こぶしをぐっとにぎると、白目に血管《けっかん》の赤いすじが何本も浮《う》かびあがった。

「気持ちをおちつける薬、飲む？」

「いや、いらん。カルダモンロールが食いたい」

「ママが作ってくれたミートボールもあるよ」

「それは、着いてからにしよう。小ゴットフリード、コーヒーとレモネードを買ってこい。すぐに行け！」

おじいちゃんのいうレモネードは、炭酸飲料《たんさんいんりょう》のことだ。だから、ぼくは船の売店で、機関室《きかんしつ》の扉《とびら》のようなオレンジ色のファンタを自分用に買ってきて、それをストローで飲んだ。

おじいちゃんはコーヒーをすすり、こんなにうまいコーヒーはひさしぶりだ、といった。それから、アダムが夜中に焼《や》いてくれたカルダモンロールをほおばった。

「どうして、パパにたのまなかったの？　島の家へ連《つ》れていってほしいって」ぼくは、おじいちゃんにきいた。

「それより、抜《ぬ》けだすほうが楽しいじゃないか。それに、おまえのパパには理解《りかい》できん」

「そうかもね」

「あいつとわしはちがう」

「パパとぼくもちがうよ」

「あいつとわしは、まったくもって理解《りかい》しあえん。あいつは釘《くぎ》を打ったり、土を掘《ほ》ったりするのがきらいだ。おまえのおばあちゃんといるのが好《す》きでな。おばあちゃんも、あいつといるのが好《す》きだった。ふたりは話をして、いっしょに笑《わら》っていた。そんなとき、わしは外にでて、地面を掘《ほ》っていた」

ぼくは、おじいちゃんがしょっちゅう外にでて、地面を掘《ほ》っていたことを思いだした。

「死んだ人を愛《あい》しつづけることって、できる？」ぼくがまた質問《しつもん》すると、おじいちゃんはカルダモンロールをがぶりとかじり、こたえた。

「だまれ、ガキのくせに！」

ぼくには、おじいちゃんのその言葉が、「できる」という意味だとわかった。

おじいちゃんはしわだらけの大きな手を、ぼくの手にのせた。船が島に近づき、丘《おか》の上の白い家の下を通りすぎるまで、ずっとそうしていた。その家は、おばあちゃんと暮《く》らすために、おじいちゃんが船を改造《かいぞう》して自分で建《た》てたものだ。

船が島の桟橋《さんばし》に近づくと、おじいちゃんは杖《つえ》を取り、ふらつく足で立ちあがった。そして、じっと家のほうを見あげながら、ぼくにきいた。

「見えるか？」

そのとき、ぼくには見えた。おじいちゃんの目に見えているのと同じものが――。

ストライプ柄《がら》のエプロンをつけたおばあちゃんが、バルコニーに立ち、ハンカチをふっている――。ぼくたちが島へ着くときはいつも、おばあちゃんはバルコニーからハンカチをふってくれた。

「もうすぐだね」ぼくはいった。

でも、ぼくはまちがっていた。ちっとも、「もうすぐ」なんかじゃなかった。

蒸気船《じょうきせん》の桟橋《さんばし》から、「私有地《しゆうち》につき立入禁止《たちいりきんし》」の札《ふだ》がついた門にたどりつくまでに、かなり時間がかかった。杖《つえ》をついたおじいちゃんは、よろよろとしか進めず、何度も立ち止まって、息をととのえないといけなかった。

そこから先の道が最悪《さいあく》だった。門から玄関《げんかん》まで、岩だらけの急な小道がつづいているんだ。

「おじいちゃん、おねがい。村からマッツを呼《よ》んできて、バイクの台車で運んでもらったら、だめ？　おじいちゃんは台車にすわってればいいから」と、ぼくがいうと、おじいちゃんは「だめだ、ぜったい！」と、どなった。「クソったれの悪魔《あくま》の台車になんか、すわるものか。脚《あし》という自前の機械《きかい》で、上まで行く」

「きたない言葉をいった罰《ばつ》として、薬を飲んで！」ぼくは、おじいちゃんの肥大《ひだい》した心臓《しんぞう》が心配でならなかったから、白いほうの薬をひと粒《つぶ》、飲ませることにした。

紙袋《かみぶくろ》に入れてあった瓶入《びんい》りのビールをわたすと、おじいちゃんは白い薬をビールでごくりと飲みこみ、うれしそうな顔つきになって、こういった。

「あとは、岩山をのぼるだけだ！」

おじいちゃんの家は、島の人たちから、〈岩山の家〉と呼《よ》ばれていた。丘《おか》の上にあり、家につづく急な坂道には岩がごろごろしているからだ。見かけだって、島にあるほかの家とはちがう。おじいちゃんは、おばあちゃんのために、お城《しろ》のような家を作りたかったんだろう。

おじいちゃんは、小道のわきに、以前《いぜん》、自分で取りつけた鉄製《てつせい》の手すりに片手《かたて》でつかまり、もう片方《かたほう》の手で杖《つえ》をついた。

「もうすぐだ、もうすぐ……」と何度もうめきながら、進んでいく。

結局《けっきょく》、二時間かかった。ようやく玄関《げんかん》までたどりつくと、おじいちゃんはいった。

「いまいましい悪魔《あくま》のズボンのせいだ。このズボンは、きつくてかなわん」

# 8　コケモモのジャム

おじいちゃんは台所の椅子《いす》にすわって、長いあいだ休んでいた。やがて呼吸《こきゅう》がおちつくと、「やるべきことをする時間だ」と強い調子でいった。

ぼくも賛成《さんせい》した。

台所の木箱には、薪《まき》、シラカバの木の皮、古新聞が入っていた。ぼくは薪《まき》ストーブの空気の調整弁《ちょうせいべん》をあけ、木箱にあった薪《まき》をストーブにくべると、手ぎわよく火をおこした。けむたい煙《けむり》なんか、ちっともでなかった。

それから庭の井戸《いど》へ走っていって、バケツに水を一杯《ぱい》くんできた。ポンプがさびついていたから、水があがってくるまで、はじめのうちは何度もポンプをおさ

ないといけなかったけど。

家の中にもどると、おじいちゃんは薪《まき》ストーブの扉《とびら》をあけて、火をのぞいていた。

「パパに電話して、迎《むか》えにきてもらわなくていい？　病院みたいなベッドがいるんじゃない？」ぼくは、おじいちゃんを元気づけるために、わざといった。

うまくいった。とたんに、おじいちゃんは怒《おこ》りだしたんだ。

「バカ野郎《やろう》、だれにも電話なんかするな！　なにもかも台なしにする気か？」

おじいちゃんはだれかをなぐろうとするみたいに、空中でげんこつをふりまわした。やっと、おじいちゃんらしくなった。

ぼくはほっとして、笑《わら》い声《ごえ》をあげた。

おじいちゃんは、ぼくを見た。

「冗談《じょうだん》だったのか？」

「うん」

「ひどい冗談《じょうだん》だ」

「燃料《ねんりょう》を入れただけさ」

すると、おじいちゃんはにやりと笑《わら》った。そして、世界じゅうのどんな船のエンジンでもあやつれる機関長《きかんちょう》みたいになって、あれこれ命令《めいれい》しはじめた。

「納屋《なや》にあるシャベルとバケツを持って、ジャガイモを少し掘《ほ》ってこい。ジャガイモ畑の場所は知っとるな。とっととやれ！」

「了解《りょうかい》！」ぼくは、すぐに外へとびだした。

でも、行ってみると、おじいちゃんのジャガイモ畑は雑草《ざっそう》だらけになっていた。あんなにていねいに手入れしていたのに。

そこで、ぼくはとなりの家の畑へ走っていって、そこのジャガイモを掘《ほ》りだして、家にもどった。おじいちゃんの目の前でブリキのバケツをゆすると、ゴロンゴロンと教会の鐘《かね》みたいな音がした。

「どう？」

「うまいことやりやがったな、チクショウめ！」

「またきたない言葉を使ったから、ジャガイモの皮むきは、おじいちゃんね」と、ぼくがいうと、おじいちゃんは、なにかぶつくさつぶやいた。でも、気に入らないふりをしているだけなんだ。

おじいちゃんが泥《どろ》を洗《あら》いおとして皮をむいたジャガイモを、ぼくは鍋《なべ》に入れ、薪《まき》ストーブの上にのせた。

食堂《しょくどう》にあるタイル張《ば》りのストーブにも、火をおこした。ママのミートボールを取りだし、フライパンであたためた。アダムが夜中に焼《や》いたというライ麦パンをうすく切り、ダイニングテーブルに食器《しょっき》もならべた。

「もうすぐ、準備完了《じゅんびかんりょう》だよ」ぼくはいった。

すると、おじいちゃんは「まだだ」といって、自分の着ているスーツを指さした。「この服では、めしが食えん。わしじゃないみたいだ。家にいるのに、くつろげん」

それから、口ぎたなくののしりながら、きゅうくつそうな上着とベストを脱《ぬ》ぎすてた。ズボンも脱《ぬ》いでしまった。

「タンスにある、わしの古着をさがしてこい。いますぐ！」

「病院の人たちが、おじいちゃんにうんざりする気持ちがわかるよ」ぼくはいい返した。そしてできるだけ、ぶすっとして、機嫌《きげん》の悪いふりをした。

でも、ふたりとも、本当はそうじゃないことがよくわかっていた。ぼくもおじいちゃんも、そんなふりをするのが、とても楽しかったんだ。


ようやく、おじいちゃんが長方形のダイニングテーブルの、短い辺《へん》の席《せき》にすわった。そこが、おじいちゃんのおきまりの場所だった。古いフェルト帽《ぼう》を椅子《いす》の背《せ》もたれの角に彫《ほ》られているライオンの頭にかけ、履《は》くのに時間のかかった作業ズボンに、襟《えり》なしのストライプのシャツと、すりきれたチョッキを着たおじいちゃんは、やっともとのおじいちゃんらしくなった。

「どうぞ、めしあがれ」ぼくはいった。

おじいちゃんが、たりないものはないかと、テーブルの上をなめるように見まわしている。ぼくの知っている目つきだ。

ライ麦パンのうす切りは、パン皿にのっている。アダムがパンといっしょに袋《ふくろ》に入れておいてくれたバターも。鍋《なべ》ごとおいたジャガイモからは湯気があがり、ミートボールは深皿の中。ビールの栓《せん》はあけてある。フォークは右、ナイフは左にわざとおいた。

そしてぼくは、おばあちゃんの若《わか》いころの写真も、いつもおばあちゃんがすわっていた席《せき》の前に立てた。

たりないものはなにもない、と思った。

ところが、おじいちゃんはさけんだ。

「コケモモのジャム！」

「えっ、なに？」

「地下室にひと瓶《びん》、まだ残《のこ》ってるはずだ。病院に入ってから、わしはずっとその瓶《びん》のことを考えていた。なあ、おまえ、悪いが、いそいで取ってきてくれないか？」

どうしたんだろう？　おじいちゃんが、こんなにていねいに、ぼくにたのむなんて……。なんだか、うす気味悪い。

それでも、ぼくは外へとびだして、家の角をまわって、地下室の階段《かいだん》をかけおりた。

おじいちゃんのいったとおりだった。

棚《たな》の上にガラス瓶《びん》がひとつ、ぽつんとおいてあった。「コケモモのジャム」とラベルに書いてある。おばあちゃんの字だ。

ぼくがジャムの瓶《びん》を持ってもどると、おじいちゃんはしばらくのあいだ、その手書きの文字をじっと見つめていた。それからふたをあけ、パラフィン紙の封《ふう》をナイフでそっとはがした。

「台所からティースプーンを取ってこい」
「大きいスプーンでなくていいの？」
「わしがティースプーンといったら、ティースプーンだ」

ぼくはミートボールとジャガイモを自分の皿に取ると、ティースプーンを瓶《びん》につっこみ、山盛《やまも》りいっぱい、ジャムをすくおうとした。ミートボールは、コケモモのジャムをつけて食べるものだから。

ところが、おじいちゃんはぼくの手からスプーンを取りあげ、ほんの少しだけ、スプーンの先でジャムをすくって、ぼくの皿にのせた。自分の分も、ぼくのと同じくらい、ほんの少しだけ。

「なんで？　もっと取っちゃだめなの？」ぼくは文句《もんく》をいった。
「だめだ。このジャムは、わしが生きているあいだ、ずっともたせるんだ。その皿のジャムは最後《さいご》まで食べるな。デザートにしろ。わしはそうする」おじいちゃんはそういって、おばあちゃんの写真をちらりと見た。

それから太い人さし指を、背《せ》もたれのライオンの、帽子《ぼうし》をかけてないほうの口につっこむと、ぼくにきいた。

「おまえ、ここに色をぬったことをおぼえてるか？」

わすれるわけがない。あのときは、おじいちゃんにひどく怒《おこ》られた。七歳《さい》の誕生日《たんじょうび》プレゼントにクレヨンをもらったぼくは、赤いクレヨンで、ダイニングの椅子《いす》全部のライオンの口の中をまっ赤にぬりつぶした。そのほうが、きれいだと思ったから。

でも、おじいちゃんはそう思わなかった。おじいちゃんはぼくの耳をつかみ、テーブルのまわりをのしのしと歩いて、ひとつひとつのライオンの頭をじっくりと見せた。ライオンの頭は、どれひとつとして同じではなかった――。

「わしがあのときいったことを、おぼえてるか？」おじいちゃんは、またぼくにきいた。

「うん。でも、もう一回いってみて」

「このライオンの頭は、どれひとつとして同じではない。これを彫《ほ》ったやつが、同じにしたくなかったからだ。そいつは自分の時間を、ライオンの頭を彫《ほ》ることに使った。つまり、そいつの人生がここにある。もうとっくのむかしに死んだだろうが、それでも、そいつの人生はここにある。

このコケモモのジャムも同じだ。おばあちゃんがコケモモを摘《つ》んで、ゴミやほこりをきれいにはらい、鍋《なべ》で煮《に》て、酸《す》っぱくなく、甘《あま》すぎることもないように、加減《かげん》しながら砂糖《さとう》を入れ、かきまわし、このガラス瓶《びん》につめた。おばあちゃんは、自分の時間をこのジャムにささげた。おばあちゃん自身の思いも。だから、おばあちゃんの人生の一部が、この中にある。わかったか？」

「たぶん」ぼくはこたえたけど、正確《せいかく》にはよくわからなかった。それでも、なんとなくはわかった気がした。

おばあちゃんはコケモモのジャムの中で生きている、とおじいちゃんはいいたいんだろう。ぼくは、思わずにやっとしてしまった。

「なに、にやけとる？」

「ジャムのことを話してるときは、おじいちゃん、きたない言葉をぜんぜん使わなかったよ」

「それは、つまり……」おじいちゃんはいいかけて、そこでまたきたない言葉を吐《は》いた。


食事のあと、おじいちゃんはフェルト帽《ぼう》を頭にのせると、窓辺《まどべ》においてある、おばあちゃんがいつも海を見ていた椅子《いす》にすわった。あのころおばあちゃんが見ていたのは、海じゃなくて、べつのものだったんだろうか。

その椅子《いす》からは、家の裏《うら》の敷地《しきち》も見えた。いまではイチゴ畑に見えないイチゴ畑、白い屋外便所《おくがいべんじょ》、サクランボの木。毎年夏に、ぼくはサクランボを食べすぎて、おなかをこわした。

いま、おじいちゃんはその椅子《いす》にすわって、おばあちゃんがなにを見ていたのか、見きわめようとしていた。自分でそういったんだ。

「で、なにが見えるの？」ぼくがきくと、おじいちゃんはため息をついた。

「愛《あい》する人のいない、フェルト帽《ぼう》をかぶった、くたびれた老人《ろうじん》……」

おじいちゃんはそのまま、日がかたむき、空がコケモモのジャムみたいに赤くなるまで、椅子《いす》にすわっていた。そして、むこうに見える島の陰《かげ》に夕日がすっかり隠《かく》れてしまうと、いった。

「もう寝《ね》るぞ」

## 9　機関長《きかんちょう》の命令《めいれい》

おじいちゃんがいない！

寝《ね》るまえに、ぼくはおじいちゃんを屋外便所《おくがいべんじょ》へ連《つ》れていき、それからベッドに寝《ね》かした。着替《きか》えさせるのが面倒《めんどう》だったから、服は着たままで。

おじいちゃんが寝《ね》たあと、ぼくはしばらくのあいだ、ねむくなるまでおばあちゃんの聖書《せいしょ》の絵をながめていた。

朝早く、おしっこに行きたくなって目がさめた。

屋外便所《おくがいべんじょ》へ行くとちゅうで、おじいちゃんの部屋をのぞいてみた。青いペンキのぬられた、以前《いぜん》は船のキャビンだった部屋。

ぼくがかけてあげた毛布《もうふ》は、床《ゆか》におちていた。ベッドは、もぬけの殻《から》だった。杖《つえ》がなくなっている。

まさか、ひとりで屋外便所《おくがいべんじょ》へ行ったんじゃないよね？　と、まっ先に思った。おじいちゃんが最初《さいしょ》に太ももの骨《ほね》を折《お》ったのは、屋外便所《おくがいべんじょ》へ行ったせいだったから。

それは二月の夜のことで、外は零下《れいか》二十度だった。おじいちゃんは、ちゃんと服を着こまないでコートをはおり、足はスリッパをひっかけたままだった。そして、屋外便所《おくがいべんじょ》からもどってくるときに地面の氷で足をすべらせてころび、そのまま、となりの家まで雪の上をはっていく羽目になった。となりの家のドアをたたいて、助けてもらったんだ。おじいちゃんは、自分では立ちあがることができなかったから。

どうしてぼくは、おじいちゃんを、こんなところへ連れてきてしまったんだろう。もしもまたころんだりしたら、どうするんだ？　おじいちゃんは重すぎて、力のないぼくには、なにもできやしない。

ぼくは急いで外へでていこうとして、足の親指を敷居《しきい》にぶつけた。「クソッ！」とどなって、いきおいよくドアをあけると、庭に、おじいちゃんがすわっていた。どうやったのかはわからないけど、家から持ちだした椅子《いす》にすわって、海をながめている。大きな船がエンジンの音を響《ひび》かせ、迎《むか》えにくるのを待っているみたいに。

「おじいちゃん！」ぼくはさけんだ。

おじいちゃんは、びくっとした。

「おはよう、小ゴットフリード」

「なにやってるの！　もしもまた、ころんだらどうするつもり？」

「いまは、ころばずにすんだぞ」おじいちゃんは得意《とくい》げにいった。「それに、『もしも』のことばかり考えていたら、なにもできやしないじゃないか！」

「こんなに朝早く、なにしてるの？」

「息をしてる。それから考えてる」

「考えてるって、なにを？」

「雨どいをそうじしなくちゃならん」

「今日はできないよ」

「そうだな、まにあわんか。船の時間があるからな。じゃあ、わしが昨日《きのう》、着てきた服を持ってきてくれ。納屋《なや》から灯油《とうゆ》をひと缶《かん》と、マッチと、おまえがジャガイモを掘《ほ》ったシャベルもな」

「なにするの？」

「いちいち質問《しつもん》するな。いわれたとおりにしろ」

ぼくは、いわれたとおりにした。

シャベルで芝生《しばふ》に穴《あな》を掘《ほ》り、その穴《あな》におじいちゃんのスーツをほうりこんだ。

マッチをおじいちゃんにわたして、服の上に灯油《とうゆ》をまいた。

「もっとだ！」おじいちゃんがどなった。

おじいちゃんはまた、世界じゅうの船のエンジンをあやつる機関長《きかんちょう》にもどっていた。

「おまえは、どいてろ」命令《めいれい》はつづく。

おじいちゃんは、服に灯油《とうゆ》がしみこむのを待ってマッチをすると、穴《あな》の中に投げ入れた。

炎《ほのお》がうなり声をあげ、いっきに燃《も》えあがった。おじいちゃんのスーツがいきおいよく燃《も》えていく。黒い煙《けむり》が空にむかって、うずを巻《ま》く。まるで、岩山からあがる狼煙《のろし》のようだ。

「どうして、こんなこと……」ぼくはいいかけた。

でも、おじいちゃんは唇《くちびる》に人さし指をあて、朝日に赤く染《そ》まる雲のほうへ煙《けむり》がもくもくと流れていくのを目で追っていた。

服が完全《かんぜん》に灰《はい》になると、おじいちゃんはぼくをふり返り、満足《まんぞく》そうな顔でいった。

「朝めしにしよう」

ぼくはガーデン用のテーブルを運んできて、自分用の椅子《いす》も持ってきた。冷《つめ》たくなったジャガイモのうす切りとミートボールをのせたオープンサンドをふたり分作り、トレーにのせ、水をついだコップとビールをついだコップといっしょに持っていった。ティースプーンとコケモモのジャム、薬のケースも。おじいちゃんはティースプーンでジャムをすくうと、すぐに瓶《びん》にふたをした。

「ぼくの分は？」

「ない。おまえは、これがなくても平気だろ。だが、わしには必要《ひつよう》だ。昨日《きのう》、あの坂をのぼりきれたのは、このジャムのことを考えたからだ」

穴《あな》からは、まだ煙《けむり》があがっていた。

「どうして、スーツを燃《も》やしたの？」

「もう二度と着たくないからだ。葬式《そうしき》のときに着ていた服なんて。あのとき、どんなふうだったか、おぼえてるだろ？」

「うん」

おばあちゃんのお葬式《そうしき》のときのことだ。礼拝堂《れいはいどう》のいちばんうしろで、オルガンが鳴っていた。牧師《ぼくし》さんの話がおわり、参列者《さんれつしゃ》が棺《ひつぎ》のところへ行って、最後《さいご》のお別《わか》れをする時間がきた。おじいちゃんが最初《さいしょ》だった。

おじいちゃんは棺《ひつぎ》のふたに手をおいて立ち、「おまえ……」とつぶやいた。そのあとは言葉がでてこなかった。顔がまっ赤になった。片手《かたて》をぎゅっとにぎりしめた。

そして、おじいちゃんはきたない言葉をつぎつぎとさけんだんだ。

参列《さんれつ》していた人たちは、みんな、そわそわしだした。ぼくは、お葬式《そうしき》にでるのははじめてだったけれど、おじいちゃんみたいにしちゃいけない、ということだけはわかった。

パパが前にでていって、おじいちゃんを連《つ》れて席《せき》にもどった。おじいちゃんは両手で顔をおおい、お葬式《そうしき》がおわって外へでるまで、ずっとそうしていた。

いま、おじいちゃんは穴《あな》の中をのぞきこみ、つぶやいた。

「なにか、きれいな言葉をいいたかった。どんなにおばあちゃんのことを好《す》きだったか……とか、そういうことを」

「でも、おばあちゃんはわかってくれたんじゃないかな？」

「どうだか。あの看護師《かんごし》のいうとおりだ。わしは、きたない言葉を使うのをやめないとな」

「じゃあ、もう一度だけ」

「なにが？」

「きたない言葉をいって」

するとおじいちゃんはきたない言葉を吐《は》いた。

ぼくは罰《ばつ》として、白い薬をひとつ飲ませた。というのも、そろそろ船に乗る時間だったから。これから桟橋《さんばし》まで、長い坂道をおりていかないといけない。

「のぼってきたときより、早くおりられるといいね」

「いや、わしは歩かん。ふもとの村へ行って、昨日《きのう》おまえがいってたように、台車つきのバイクをたのんできてくれ」

「うん、わかった」

でもそのまえに、ぼくはサッカーウェアとスパイクシューズを持ってくると、泥《どろ》でよごした。とにかく、すべて、カンペキにしこまないといけないんだ。

それから、スーツを燃《も》やした穴《あな》を埋《う》めて、灯油《とうゆ》のタンクとシャベルを納屋《なや》にもどし、タイル張《ば》りのストーブと薪《まき》ストーブの調整弁《ちょうせいべん》をしめ、電気のブレーカーをおとした。

おじいちゃんは椅子《いす》にすわったまま、ぼくに大声で命令《めいれい》しつづけ、すべてやりおえると、「よくやった！」と、ほめてくれた。「これで、おまえひとりでこっそり暮《く》らすことになっても、だいじょうぶだな」

栈橋《さんばし》までは、うまく運んだ。

ぼくは、村からマッツを呼《よ》んできた。

マッツとぼくで、肘《ひじ》かけ椅子《いす》を家の中から持ってきて、台車に乗せ、おじいちゃんをそこにすわらせた。椅子《いす》は、すべりおちないように、マッツがロープで台車にぐるぐる巻《ま》きにしばりつけた。

コケモモのジャムの瓶《びん》を、ぎゅっとにぎりしめているおじいちゃん。おばあちゃんの写真は、コートのポケットに入れてある。

おじいちゃんはバイクの台車から、これまで何度も見てきたありとあらゆるものに、しみじみと目をやった。どんなものだったかたしかめ、ひとつひとつ目に焼《や》きつけているみたいに。

栈橋《さんばし》に着いたとき、その目には涙《なみだ》がたまっていた。

マッツはぼくが小走りに走るのにあわせて、のろのろとバイクを走らせてくれたけど、おじいちゃんは「追い風だったな」と満足《まんぞく》そうにつぶやいた。

船がくるまでに、まだ少し時間があった。

マッツは台車から肘《ひじ》かけ椅子《いす》をおろし、おじいちゃんがすわって船を待てるように、桟橋《さんばし》においた。

「あとで家の中にもどしておきますよ」

「おまえにやるよ。わしがこの椅子《いす》にすわるのは、今日で最後《さいご》だ」おじいちゃんはマッツにいうと、椅子《いす》に腰《こし》かけ、海のほうに顔をむけた。島や空や岩や灯台《とうだい》や、くり返しよせてくるさざ波に別《わか》れを告《つ》げるように。

「あの堂々《どうどう》としたオジロワシが見えるか？」おじいちゃんは杖《つえ》で、一羽のカラスをさした。

「うん、見えるよ」ぼくはこたえた。

# 10　天国へ行けるとしたら……

船が〈岩山の家〉の下を通ったとき、ぼくはバルコニーを見あげた。でも、手をふっているおばあちゃんの姿《すがた》はなかった。おばあちゃんは、ぼくたちが島から帰っていくのは好《す》きじゃなかったから。

ぼくは、おじいちゃんの肩《かた》に頭をもたせかけて考えた。帰りの船には乗ったものの、安心するにはまだ早い。

たとえば、病院に着いたら、なんていえばいい？　つぎにパパが病院へ行ったとき、看護師《かんごし》さんに「一時帰宅《きたく》されたとき、ゴットフリードさんのようすは、いかがでしたか？」なんて、きかれないようにするためには……。「お宅《たく》で週末《しゅうまつ》を過《す》ごせてよかったですわ」なんて、いわれないように。そんなことになったら、ぼくたちの大うそはすべてばれてしまう。おじいちゃんは、ものすごく叱《しか》られるだろう。なぜ、そこまで分別《ふんべつ》がないんですかって。

ぼくはぼくで、まちがいなく、〈尋問席《じんもんせき》〉にすわることになる。うちの居間《いま》のすみにある、茶色い革張《かわば》りの肘《ひじ》かけ椅子《いす》のことだ。パパはいつもその椅子《いす》にすわって、ひげをそる。でも、ぼくがパパのいう「思慮分別《しりょふんべつ》に欠《か》ける」ことをしでかしたときは、ぼくがそこにすわらされる。

おじいちゃんと病院を抜《ぬ》けだしたのは、とてつもなく「思慮分別《しりょふんべつ》に欠《か》ける」ことにちがいない。ぼくの鼻には、もういまから〈尋問席《じんもんせき》〉の椅子《いす》の革《かわ》のにおいがし、耳にはパパの声がきこえていた——どうして、そんな取返しのつかない、独《どく》善的《ぜんてき》な行動をしたんだ?

パパは、こむずかしい言葉づかいをすることにかけては、世界一だ。ぼくが新しい言葉をおぼえるには、とてもいいんだけど。おじいちゃんからはきたない言葉、パパからはこむずかしい言葉を、勉強しなくても学べるというわけだ。

でも、ぼくは本当に、取返しのつかない、独善的《どくぜんてき》な行動をしたんだろうか……。

ちがう、そうじゃない。ぼくは、おじいちゃんをよろこばせただけだ。おじいちゃんが最後《さいご》にもう一度、自分で建《た》てたなつかしい家へ行って、海のにおいをかげるよう手助けした。地下室へ行って、コケモモのジャムを取ってきてあげた。その中で「おばあちゃんが生きている」と、おじいちゃんが信《しん》じているジャムの瓶《びん》を。

たしかに、ぼくはうそをついた。でも、うそをつかなかったら、おじいちゃんは病院から抜《ぬ》けだせなかった。海へでることも、島の家へ行くことも、スーツを燃《も》やすこともできなかった。このうち、「してもいい」とパパがいってくれることは、ひとつもない。

病院を抜《ぬ》けだしていなかったら、おじいちゃんはずっと、枕《まくら》にもたれてベッドにすわり、退屈《たいくつ》しきってコールボタンをおしまくっていただろう。

いま、おじいちゃんは窓《まど》の外を見ている。窓《まど》の外を島々《しまじま》が通りすぎていく。病室にいるときとちがって、顔色も悪くない。

「ねえ、おじいちゃん、たまには、うそをついてもいいんだよね？」ぼくはいった。

「なんだって？」おじいちゃんは、なにか自分だけのたいせつなことを考えているみたいだった。

「うそをつくのは悪いことじゃないよね？」ぼくは、もう一度いった。

おじいちゃんは、少しまをおいてからこたえた。

「ああ、ときには、うそは真実に勝るぞ」そして顔をかがやかせて、こうつづけた。「なかなか、しゃれた言いまわしじゃないか、クソめ。ところで、ビールはまだ残《のこ》ってるか？」

「一本だけね。ところで、おじいちゃん、きたない言葉を使うのはやめるっていったよね？　だったら、ぼくみたいにやってごらんよ。きたない言葉がでそうになったら、口をとじて、だまるんだ」

おじいちゃんは、ちびちびとビールを飲んだ。つぎに飲めるのは、ずいぶんと先になるとわかっているみたいに。カルダモンロールも食べた。ミートボールは、もうなかったから。

おじいちゃんはコートのポケットからおばあちゃんの写真を取りだし、目の前においた。写真はかなり色あせていて、おばあちゃんの魂《たましい》が抜《ぬ》けだしてくるようだ。

「こいつに再会《さいかい》できるなんてことがあるのか……」おじいちゃんはつぶやいた。

「また会えるよ、たぶん、天国で」

「さあ、どうだか。天国での新たな人生についちゃ、わしは疑《うたが》ってるよ。見たことのないものを、どうして信《しん》じられるというんだ？」

「ワニが泣《な》くのは、見たことがなくても信《しん》じられるよ。むかしから『ワニの空《そら》涙《なみだ》』って、いうもんね？」ぼくはいった。

おじいちゃんは、こういうひねったこたえが好《す》きだ。ワニが悲しそうに見せかけて、涙《なみだ》を流しながら獲物《えもの》を捕《と》らえたり食べたりするという話を思いだしたらしい。入れ歯がはずれそうになるほどにやりと笑《わら》い、ずれた入れ歯を人さし指でつついてなおすと、いった。

「まあ、とにかく、つぎの人生では、入れ歯なんぞせずにすむことをねがうよ。もしもつぎの人生があるならだがな。それと、すぐに折《お》れるような脚《あし》だけは勘弁《かんべん》してほしい」

「天国じゃ、なにもかもがすばらしいんだよ。おばあちゃんとおじいちゃんは、ひと組の蝶《ちょう》みたいに、いっしょに飛《と》びまわるんだ」

すると、おじいちゃんは眉間《みけん》にしわをよせていった。

「さっきから、死んだらどうなるのか、ということばかり話してるな。だが、冗談《じょうだん》でする話じゃないぞ。いいか？　わしは夜な夜な、おばあちゃんの夢《ゆめ》を見る。あいつは岩山の上にすわって、コーヒーを飲んでいる。洗濯《せんたく》ものを干《ほ》してい

ることもある。でなければ……まあ、いろいろだ。それで、わしは目がさめると、いまいましい悪魔《あくま》の病院にいる。涙《なみだ》がでるよ。泣《な》くような柄《がら》じゃない、このわしが。ちぇっ、クソッ、バカ野郎《やろう》、いっそ夢《ゆめ》からさめなければよかった、と思ってな……」

おじいちゃんがきたない言葉を使っても、ぼくは気にしなかった。いまは、そうしてもいいときだから。ぼくはいった。

「たぶん、そんなところなんだよ。夢《ゆめ》の中みたいな。『虹《にじ》の彼方《かなた》に』みたいな」

「どこが？」

「天国だよ。ママはいつも、この歌をうたってる。望《のぞ》んだことがかなう国の歌」

「わしが望《のぞ》むのは、おばあちゃんがそこにいる、ただそれだけだ」おじいちゃんはそういって、大きくため息をついた。「あとは、どうでもいい、クソッ……。わしには、これまでにしなかったことや、いわなかったことで、したいこと、いいたいことが山ほどある。もしも天国というものがあって、わしがそこへ行けるとしたら……まあ、あまり、行けそうな気はしないが……」

「行けると思うよ。でもそのまえに、〈尋問席《じんもんせき》〉にすわらなきゃいけない」

「なんだと？　〈尋問席《じんもんせき》〉だと？」

「ううん、なんでもない」

そのあとはもう、おじいちゃんはあまりしゃべらなかった。天国へ行けるとしたら、そこでやりたいこと、いいたいことを考えていたのかもしれない。

桟橋《さんばし》が近づいてきた。ぼくたちは、ゆっくりと立ちあがった。

船からおりようとしたそのとき、おじいちゃんは顔をかがやかせて、いった。

「きめたぞ。わしは、きれいな言葉で話せるようにする。すべての美しい言葉を身につける。念《ねん》のために。もしも天国へ、ク……」

おじいちゃんはきたない言葉をいいそうになったけど、つばをごくりと飲んで、顔をしかめた。クリスマスに飲む、強いお酒をあおったときみたいに。

# 11　もどってきたうそつきたち

　桟橋《さんばし》では、アダムが運転手の制帽《せいぼう》をかぶって待っていた。

「よう、ちょこちょこ歩きさん！」と、アダムはいって、おじいちゃんの二本の杖《つえ》をたばねて持った。

「恥《はじ》を知れ、青二才！」おじいちゃんは、いい返した。

　ふたりがたがいを気に入っているのが、ぼくにはわかった。

　アダムとぼくは力をあわせて、おじいちゃんを車の助手席《じょしゅせき》にすわらせた。

　ぼくはうしろの座席《ざせき》に乗りこむと、旅行カバンに頭をもたせかけ、杖《つえ》の横に寝《ね》ころがって、からだをのばした。「逃亡《とうぼう》生活」はエネルギーを消耗《しょうもう》する。

窓《まど》のすきまから風が入ってくる音がする。

おじいちゃんは車のエンジン音にあわせるように、フンフンいっていたけれど、少ししてアダムに話しかけた。

「もう、変《へん》な音はしないようだな」

「ボルトの件《けん》、じいさんのいったとおりだった。ちゃんとしめなおしたぜ。じいさんには自動車修理工場《しゅうりこうじょう》にきて、手伝《てつだ》ってほしいくらいだ」

「そうだな。あのクッ……病院へ行くより、わしにはすることがたくさんありそうだ」

ぼくは口をはさんで、アダムに教えた。

「おじいちゃんは、きたない言葉を使うのをやめたんだ」

「そっか。けど、むりしてやめるのは、たいへんじゃないのか?」と、アダム。

「バ……ただ集中すればいいんだ」おじいちゃんは得意《とくい》げにいった。「ク……きたない言葉ってやつは、むかしからの習慣《しゅうかん》で口からするりとでてしまう。そういうときは、ちょっと口をひん曲げて、だまるようにするんだ」

ぼくは片方《かたほう》の杖《つえ》で、おじいちゃんの襟足《えりあし》をツンとつついた。

「なんだ？　『口をひん曲げる』もきたない言葉か？」

「ギリギリセーフかな」と、アダムがいうと、おじいちゃんはほっとため息をつき、そのあとは、ずっとだまっていた。

おじいちゃんは、ぼくたちが島でしてきたことを思いだしているんだろう。感じたこと、見たことを自分の中にしまっておきたいから、だまって静《しず》かにしていたいんだ。島の家の門にかけてあった「私有地《しゆうち》につき立入禁止《たちいりきんし》」の札《ふだ》を、心にかけるみたいにして――。

おじいちゃんがだまっているから、かわりにぼくが、昨日《きのう》からの冒険《ぼうけん》について話した。

アダムははなをすすったり、ククッと笑《わら》ったりしながらきいていたけれど、やがて口をひらくと、こういった。

「おれは自慢《じまん》に思うぜ、おまえのおじいちゃんが、おれの母方のじいさんになったこと。たとえ数時間でもな。それに、なにもかもうまくいったなんて、最高《さいこう》じゃないか！」

「ここまではね」

「どういう意味だ？」と、アダム。

「病院の人たちは、おじいちゃんがぼくの家にいたと思ってる。だから、つぎにパパが病院へ行ったら、そのことをきくと思うんだ。そしたら、ぼくたちのうそなんて、すぐにばれちゃうよ」

おじいちゃんが目をあけて、いった。

「どうってことない」

「どうってことあるよ。パパは怒《おこ》りまくるよ」

「びくびくするな、小ゴットフリード。わしは、二度とない最高《さいこう》の時間を過《す》ごせた。おまえもわしといっしょに、この二日間を楽しんだ。ちっとも怒《おこ》られるようなことじゃない」

「そうだけど……」

「じゃあ、それでいいじゃないか」

でも、おじいちゃんは知らないんだ。パパが怒《おこ》ったら、どうなるか。

パパは、おじいちゃんみたいにどなったりはしない。足をドスンドスン踏《ふ》み鳴《な》らしたり、相手の顔の前に、げんこつをつきつけたりもしない。おちついているように見える。

でも、本当はおちついてなんかいない。こめかみに血管《けっかん》が浮《う》きあがる。それが怒《おこ》っているしるしだ。そして、パパはぼくをじっと見つめる。「わたしをこんなに悲しませているのは、おまえだ」という目つきで。

パパの怒《いか》りは、何日もつづくだろう。そう思うと、ぼくはおなかが痛《いた》くなった。パパの怒《いか》りを避《さ》ける、なにかいい方法《ほうほう》を見つけないと。

「パパは、ぼくにおじいちゃんと会っちゃいけないっていうかもしれない。ぼくたちがたがいに悪影響《あくえいきょう》をあたえてる、っていって。そしたら、どうしよう?」まえに一度、そういうことがあったんだ。悪影響《あくえいきょう》を受けるからと、ある男の子となかよくしちゃいけない、とパパにいわれたことが。

おじいちゃんは心配そうな顔になり、「そんな、バ……」といいかけて、少しまをおいてから、つづけた。「あいつだって、そこまではせんだろ?」

「わからないよ」

「なにか策《さく》を考えよう」アダムがいった。

車は病院の、砂利《じゃり》の敷《し》かれた車寄《くるまよ》せに入っていき、玄関《げんかん》の前で止まった。

アダムが車椅子《くるまいす》を取りに行っているあいだ、おじいちゃんは車にもたれて立ち、秋の空気を吸《す》っていた。フェルト帽《ぼう》を少しうしろにずらし、太陽に顔をむけて目をとじている。自由な世界にいられる時間を、できるだけ長く味わっていたいんだろう。

「中へ入るまえに、ちょっと景気《けいき》づけをしたほうがいいな。なんのことか、わかるな？」

おじいちゃんにそういわれて、ぼくはコケモモのジャムの瓶《びん》をさしだした。

おじいちゃんは手品みたいに、ポケットからティースプーンを取りだしてみせた。島の家から持ってきてたんだ。

おじいちゃんが口をあけると、ぼくは、ほんの少しだけ、ティースプーンですくったジャムを入れてあげた。

おじいちゃんは、目をつむって飲みこんだ。

車椅子《くるまいす》をおしてきたアダムがきいた。

「薬？」

「そんなところだ」おじいちゃんはこたえた。「もう少しだけ、命を保《たも》てる」

おじいちゃんが車椅子《くるまいす》にすわると、アダムはいった。

「じゃあ、行きますか」

「ちょっと待て。薬が効《き》いてくるまで」

ぼくたちが待っていると、玄関《げんかん》からでてきた看護師《かんごし》さんに、なにをしてるんですか、と声をかけられた。昨日《きのう》でかけるとき、車まで車椅子《くるまいす》をおしてくれた人だ。

「とにかく、おかえりなさい」

「ああ、わしがいなくて寂《さび》しかったろう？」おじいちゃんはいった。

看護師《かんごし》さんは車椅子《くるまいす》を病室までおしていき、おじいちゃんを見舞客用《みまいきゃくよう》の椅子《いす》にすわらせた。ベッドに寝《ね》るまえに、患者用《かんじゃよう》の寝巻《ねま》きに着替《きか》えないといけないからだ。

看護師《かんごし》さんは、おじいちゃんのよごれた作業ズボンに目をやった。

「週末《しゅうまつ》、なにをしてたんですか？」

「岩山にのぼってた」と、おじいちゃん。

「はあ、やっぱり。見ればわかります。息子さんのお宅《たく》は、いかがでした？」

「実は、行ってないんだ」アダムが早口でいった。

ぼくは、おなかがきゅんとなった。こわくなると、いつもこうなる。ママもそうなるっていっていた。

看護師《かんごし》さんはアダムをふり返った。

「どういうこと？　じゃあ、どこへ行ってたんですか？」

「家だよ。わしがいたのは」

「うん、おれのおふくろのね」アダムが、すかさず先をつづけた。「おじさんの家へ行くとちゅうで、じいちゃんは気が変《か》わってさ。かわりに、おれのおふくろのところへ行きたいっていいだしたんだ。娘《むすめ》にはずっと会ってないから、ってね。ひと晩泊《ばんと》まって、ゆっくり再会《さいかい》できて、じいちゃん、大よろこびさ。おふくろもね。大声でどなったりしなかったし、きたない言葉もほとんどいわなかった。いつもとまったくちがってたよね、じいちゃん」

看護師《かんごし》さんは、ものすごく感動したようだった。

「いいお話だわ」

「うん、でも、おじさんにはだまっててくださいよ、このつぎ、おじさんが見舞《みま》いにきても、いわないって約束《やくそく》してください。おじいちゃんがおじさんじゃなく、おふくろのところへ行きたがったって知ったら、おじさんは機嫌《きげん》を悪くする」

「あいつは、ひどいやきもちやきなんだ」と、おじいちゃん。

「約束《やくそく》します。ひと言も話しません」看護師《かんごし》さんはそういうと、おじいちゃんの新しい寝巻《ねま》きを取りに、病室からでていった。

おじいちゃんとぼくは、アダムは本物のうそつきの天才だといいあった。

「愛《いと》しい娘《むすめ》の息子よ、おまえのうそは、真実に勝るぞ」おじいちゃんはいった。

アダムとぼくが帰ろうとすると、おじいちゃんはおばあちゃんの写真をサイドテーブルにおいた。

「だれの写真?」と、アダム。

「わしの妻《つま》だよ。彼女《かのじょ》は本当に、ク……」おじいちゃんは少しまをおいてから、つづけた。「……すごい美人だろ?」

ぼくは、写真のおばあちゃんが、きたない言葉をぐっと飲みこんだおじいちゃんにびっくりして、目をぱちぱちさせたような気がした。

アダムはうなずいた。本当に、おばあちゃんは美人だ。

「あとひとつ、小ゴットフリード」

「なに？」

世界じゅうの船のエンジンをあやつれる機関長《きかんちょう》の表情《ひょうじょう》になって、おじいちゃんはいった。

「手遅《ておく》れになるまえに、わしがクソ美しく話せるように手をかしてくれ」

# 12　カンペキなうそ

アダムは車をだすまえに運転手の制帽《せいぼう》を脱《ぬ》ぎ、スポーツキャップをかぶった。

家に着いたら、きっとパパとママがぼくを迎《むか》えに外へでてくる、と思って……。

ママはいつもカーテンの陰《かげ》からおもての通りを見張《みは》ってる、とぼくが話したから。

「カンペキにしこまないとな」アダムはいった。

そう、そのためにぼくは、頭の中でいくつものことを同時に考えていた。

第一に、おじいちゃんが天国でおばあちゃんに会うときにそなえ、きれいな言葉を話せるようにするには、どうしたらいいのか。

第二に、本当に天国なんてものがあるのか。

第三に、サッカーの合宿について、パパとママにどう話せばいいか。

この三番目が、いちばんさしせまった問題だった。

うそをつくと、きりがなくなる。なにかバカなことを思いついてうそをつくと、最初《さいしょ》のうそがばれないように、またすぐにうそをつかないといけなくなる。そして、そんなことをつづけていると、うそだらけの世界ができあがってしまう。

小さいとき、ママがたくさん本を読んでくれたおかげで、ぼくは作り話がうまくなり、うそつきの天才になった。でも、パパを納得《なっとく》させるだけのうそをつくのは、とてもむずかしい。そのためにはものすごく準備《じゅんび》しないといけない。パパは「真実」にひどくこだわる性質《たち》だから。

「体育館に泊《と》まったことある?」ぼくはアダムにきいた。

アダムは、ある、といった。ずっと以前《いぜん》に、卓球《たっきゅう》のトーナメント戦《せん》にでたときのことらしい。そのときの話をすっかりしてくれた。夜中にみんなでおばけの話をしたこと。むれた汗《あせ》のにおいや、体操用《たいそうよう》のマットを床《ゆか》に敷《し》いて寝《ね》るときの感じ。シャワーを浴《あ》びるとき、たがいに下着を隠《かく》したことや、熱《ねつ》をだしたやつが寝《ね》袋《ぶくろ》の中でゲロを吐《は》いたこと……。

とくにいちばん最後《さいご》の話は、使えそうな気がした。この話をしたら、パパはぼくに口をあけろといって、舌《した》を見て、熱《ねつ》をはかり、気分はどうだ、ときくだろう。

「試合《しあい》のほうは、どうだったの？」ぼくは質問《しつもん》をつづけた。「アダムが勝ったの？」

「いや、すぐに負けた」

「それは、よかったね」

「まあな。おかげで、おれはパン屋へ行く時間ができて、うまいパンが食えたのさ。そのときに、自分もパン屋になろうと思ったんだ」

「よかったっていうのは、そういう意味じゃなくて……。すぐに負けて、よかったってこと。ビリだっていったほうが、うけがいいでしょ。すべてがうまくいった人より、ずっと親しみを感じる。そういうものじゃない？」

「ああ」

「負けた人のことは、みんな、かわいそうだと思うよね。で、ふだんよりやさしくしてくれる。がっかりするなって、いってくれる。つぎは、うまくいくよって。なぐさめるために、おいしいものをくれることもある」

「おまえは、いろいろと気がまわる人間だな」アダムが感心したようにいった。

「うん、本を読んでるおかげさ」ぼくはいった。

ぼくの家が近づいてきた。ワゴン車は角を曲がって家の前の通りに入り、老人《ろうじん》ホームのわきの、緑色の屋根の礼拝堂《れいはいどう》を通りすぎた。霊《れい》きゅう車が一台止まっている。ぼくは目をそらした。

家に入って、まず、なにをいったらいいかを考えた。準備《じゅんび》はバッチリだという気がした。なんの準備《じゅんび》なのか、よくわからないけれど。

車が止まるとすぐに、パパとママは玄関《げんかん》の外へでてきた。

「おれは消えるぞ。またな。成功《せいこう》を祈《いの》る！」アダムはスポーツキャップをふりながら、さっさと行ってしまった。

ママがぼくを抱《だ》きしめ、パパはアダムが歩道においたカバンを持ちあげた。ぼくが「自分で持つよ」といったのに……。

「パパが持つよ。合宿は、どうだった？」パパは、さっそくきいてきた。

ママが編《あ》んだなわ編《あ》みの白いカーディガンを着て、休日用の赤いネクタイをしめているパパは、とても機嫌《きげん》がよさそうだった。クロスワードパズルが全部解《と》けたんだろう。

「疲《つか》れた。ちょっと休みたい」ぼくはいった。

「そうしなさい。合宿の話は、食事のときにきかせてくれよ」

「うん」

ぼくはカバンの中身をだしもせずに、階段《かいだん》をあがって自分の部屋へ行き、ベッドにからだを投げだした。ひとりで静《しず》かにしていたかった。

ぼくの部屋の壁《かべ》は青くぬってある。島の家のおじいちゃんの寝室《しんしつ》と、ほとんど同じ色だ。窓《まど》の外を、黒い雲が流れていく。その雲を見ていると、おじいちゃんのスーツが燃《も》えたときの煙《けむり》を思いだした。

ぼくは本当に疲《つか》れていた。それに、なにかに腹《はら》が立っていた。理由はよくわからない。たぶん、おじいちゃんから怒《いか》りがうつったんだろう。いつのまにかねむってしまい、夢《ゆめ》を見た。カラスが堂々《どうどう》としたオジロワシに変《か》わる夢《ゆめ》――。

ママに起こされるまで、ねむっていた。

「起きて、手を洗《あら》いなさい。夕食よ」

「今日はなに？」

「子牛肉のホワイトソースがけとマッシュポテトよ」

ぼくはバスルームへ行き、手を洗《あら》い、うがいをしながら、なにを話そうかと考えた。

ホワイトソースをかけた子牛肉は、ぼくの大好物《だいこうぶつ》だ。ぼくは大皿から自分の皿に子牛肉を取ると、ホワイトソースをかけ、ボウルからよそったマッシュポテトと混《ま》ぜた。

テーブルのまん中には、コケモモのジャムの瓶《びん》もでていた。ママが作ったジャムだ。

「このジャムの中には、ママの一部が入ってるって、知ってる?」ぼくはママにきいた。

「なんの話だ?　ふざけてるのか?」パパがいった。

「ふざけてるわけじゃない。ほんとだよ」ぼくはいい返した。

もちろん、ぼくだって、おじいちゃんの話が全部ちゃんとわかったわけじゃない。でも、パパとママに、ぼくがどこでなにをしていたかという以外《いがい》のことを考えさせたかった。

「おまえのバカ話がいったいどこからきたのか、わたしにはわからないね」パパは、ほほえんでいった。

いまのところまだ、パパは機嫌《きげん》がいいみたいだ。

「いったい、だれなんだい？　そういうバカなことをいってるのは？」

「おじいちゃんだよ」ぼくはこたえた。

とたんに、パパの眉間《みけん》にしわがよった。口元も、もう笑《わら》っていない。おじいちゃんの話はききたくないんだろう。

「そういう作り話はやめなさい。そんなことより、合宿のことを話してくれ。楽しかったのかい？　どんなことをしたんだい？」

「なんにも」

「でも、なにかしたんでしょ？」と、ママ。

「なんにも」

「どうして、そんなふうな口をきくんだ？」と、パパ。

「だってぼく、合宿になんか行かなかったんだもの。合宿なんて、最初《さいしょ》からなかったんだよ」

「ほう、じゃあ、なにをしてたんだ?」

「おじいちゃんといっしょにいた」

一瞬《いっしゅん》、部屋の中が静《しず》まり返った。

パパは子牛肉を口に入れると、両方の頬《ほお》を大きくふくらませて、もぐもぐとかんだ。

ママはジャムの瓶《びん》にフォークを入れ、味見するように口に運んだ。

ぼくの口からは言葉があふれだした。なにをいうか、どんなふうにいうかなんて、もう考えていなかった。

「おじいちゃんといっしょに、ソッレンクローカの桟橋《さんばし》から船に乗ったんだ。島の、おじいちゃんの家に一泊《ぱく》した。島に着くとき、おばあちゃんがバルコニーから手をふってるのが見えた。本当はもっと早くに、パパがおじいちゃんを連《つ》れていってあげればよかったんだ。おじいちゃんが島へ行きたがってるって、わからなかったの？ どうしてパパは、おじいちゃんのことを、もっと気にかけてあげないんだ？ 病院にだって、ちっとも行きたがらないじゃないか、クソッ！」

ぼくの言葉は、まるでおじいちゃんが話しているみたいだった。おじいちゃんが怒《おこ》ったときそっくりだった。それにぼくはもう、うそをつきたくなかった。パパに真実を知らせたかった。そして、パパが思ってることを口にだしていわせたかった。

「おねがい、ねえ……」ママがいった。だれにむかっていったのかは、わからない。

パパは、つばを飲みこんだ。こめかみの血管《けっかん》が浮《う》きあがり、眉間《みけん》のしわが深くなっている。パパは大きく息を吸《す》い、ふうっと吐《は》くと、こういった。

「わたしはうそがきらいだということは、知ってるな。きたない言葉もきらいだと。この件《けん》については、あとでゆっくり話そう。いまは静《しず》かに食事をさせてくれ」

「そうね、そうしましょう。ね、ウルフ、子牛肉のホワイトソースがけ、好《す》きでしょ」ママがいった。

〈尋問席《じんもんせき》〉にすわる時間になった。パパはぼくの正面にすわり、わたしの目を見ろ、といった。

ぼくは見なかった。パパの眉毛《まゆげ》を見ていた。目でも眉毛《まゆげ》でも、パパにはわからない。

「さてと」パパは切りだした。「まったくもって残念《ざんねん》なことだったな。食事はおいしかったかい？」

「ぜんぜん」

「そうだろう、うそをつくと、しばしば食事がまずくなるものだ。それで、おまえは、おじいちゃんといっしょに、島へ行ったというのか……？」

「うん」

「島の桟橋《さんばし》から家までは、どうやって行った？」

「坂を歩いてあがった。バイクをたのもうとしたけど、おじいちゃんはいやがった」

「わたしのことを、そんなにだまされやすい人間だと思ってるのか？　なんでもかんでも、信《しん》じるわけじゃないぞ」

「ううん。でも、本当のことなんだよ」

「おまけに、おばあちゃんがバルコニーから手をふっていた、だと？」

「おじいちゃんにも、ぼくにも見えたんだ。手をふっていたのは、おばあちゃんの魂《たましい》だと思う」

するとパパは耳をまっ赤にして、しぼりだすようにいった。

「もう……う、うんざりだ！　いったい、なにになるというんだ？　おまえがおじいちゃんと島へ行ったと、わたしに信《しん》じさせて」

ああ、どうして、こんなふうになるんだろう？　パパは、ぼくの思いついたうそを真実だと信《しん》じこみ、ぼくが話す真実を、うそだという。

パパは、ぼくがサッカーウェアを入れっぱなしにしていた旅行カバンを持ってきて、床《ゆか》に中身をぶちまけた。

「島へ行ったのなら、ウェアはきれいなままのはずだろ。サッカーをしていないなら、この泥《どろ》はどこでついたんだ？　それに、もうひとつ。おまえにはいいたくなかったんだが、おじいちゃんはもう、そんなに長くはもたない。おじいちゃんの心臓《しんぞう》は、坂道をあがることになど耐《た》えられない。トイレさえ、ひとりでは行けないんだから」

「でも、あがったんだよ」

「まさか。この前、病院へ行ったとき、医者と話したんだ。おじいちゃんの心臓《しんぞう》は、もう限界《げんかい》なんだ。いつ止まってもおかしくない。これでわかっただろ！　おまえの話がいかにばかげたものかということが」

ぼくの目には、涙《なみだ》が浮《う》かんでいた。

「反省《はんせい》しているようだな」と、パパがいった。「これからは真実だけを話すように。いいね？」

「うん……」ぼくはそうこたえながらも、神さまにうそを許《ゆる》してもらえるよう、人さし指に中指を重ねて十字を作っていた。

「よろしい。約束《やくそく》だぞ。では、合宿でなにがあったか、話してみなさい」

「……寝袋《ねぶくろ》の中にゲロを吐《は》いた子がいた」

# 13　きれいな言葉

ぼくは、おじいちゃんの心臓《しんぞう》のことが心配でたまらなくなった。年をとって、肥大《ひだい》しているぼろぼろの心臓《しんぞう》。もう、そう長くはもたない。いつ止まるかわからない。

病院から抜《ぬ》けだそうといいだしたのは、ぼくだった。あの急な坂道をおじいちゃんにのぼらせたのも、ぼくだ。病室のベッドをはなれたりしていい状態《じょうたい》じゃなかったのに。

それに、おじいちゃんがきれいな言葉だけを使ってうまく話せるようになるのは、まにあうんだろうか？　天国で再会《さいかい》したときに、おばあちゃんががっかりしないような話しかたを身につけるのを、どうやってまにあわせるんだ？　おばあちゃんが目をまるくして、「まあ、ゴットフリード、とてもきれいにしゃべれるじゃないの！」と、ほめてくれるように……。

その週のあいだ、ぼくは心配で心配で、うろうろと歩きまわってばかりいた。

金曜日の最後《さいご》の時間は図画で、絵の具で秋の木の葉をかくことになった。木の葉は、心臓《しんぞう》の形に似《に》ていた。黄色と赤で色をつけているうちに、ぼくはとうとう泣《な》きだしてしまった。

先生が気づいて、ぼくにきいた。

「どうしたの？」

「あの……」

「どこか痛《いた》いの？」

「は、はい……」

「どこが？」

「……おなか」ぼくはこたえて、顔をしかめてみせた。

だって、ほかになんてこたえればいいんだろう？　心が痛《いた》い？　でも、たしかに、おなかも痛《いた》かった。ぼくの心はママのと同じで、おなかの中にあるみたいだ。

「なにか心配ごとがあるなら、いってごらんなさい」先生にいわれて、ぼくはこたえた。

「はい。どうやったら、きれいな言葉をしゃべれるようになるのか心配で……」

クラスの子たちが、どっと笑《わら》った。ふざけてると思ったんだろう。

「そんなことは、心配しなくてだいじょうぶよ。正しい言葉をちゃんと話せばいいの。時間とともに身につきますよ。これからの長い人生、時間はたっぷりあるわ」先生はいった。

でも、時間はたっぷりなんかないんだ。そのことがおなかにつきささり、ぼくはさらにひどく泣《な》いてしまった。

「家に帰って、ゆっくり休みなさい。ホットミルクを飲みなさいね。気持ちがおちつくから」

「はい」ぼくは返事して、カバンを持って教室をでた。

でも、まっすぐ家へは帰らず、パン屋へ行った。店の中に入ると、あたたかくて、うす暗くて、いいにおいがして、ぼくはからだがふるえた。

アダムは、シナモンロールがのった天板をちょうどオーブンから取りだしたところだった。

「オッス、おれの大好《だいす》きないとこ！　シナモンロールはどうだ？　ちょうどコーヒーを飲もうと思ってたところさ」

ぼくたちはいっしょに、焼《や》きたてのシナモンロールを食べた。

アダムは、魔法瓶《まほうびん》からコーヒーをついで飲んだ。ぼくはコップに牛乳《ぎゅうにゅう》をもらった。ぼくたちは壁《かべ》によりかかって、あたたかいタイル張《ば》りの床《ゆか》にすわった。いとこみたいな人のとなりで、オーブンの熱《ねつ》がこもる部屋にすわっていると、気持ちがよかった。

「おじいちゃんに病院を抜《ぬ》けださせるなんて、ばかなことしちゃった」ぼくはいった。

「そんなことはないだろ」と、アダム。

「ううん、おじいちゃんの心臓《しんぞう》には耐《た》えられないようなまねだった。おじいちゃんが死ぬかもしれないことをしちゃったんだ」

「ばかいうな、小ゴットフリード。じいさんは自分で、そうしてほしいといったんだろ」

「うん、でも、病院を抜《ぬ》けだす手助けなんて、しちゃいけなかったんだ」

「くだらんこというな。心臓《しんぞう》が止まるかどうか、じいさんは自分でわかってたさ。エンジンには、クソくわしいんだから。心臓《しんぞう》は、からだの中のポンプ、つまり機《き》械《かい》だ。たとえポンプがやばくなっても、じいさんはああすることに価値《かち》があると思ったんだ。ベッドに横になって、じっと天井《てんじょう》を見ているなんてタマじゃないだろ、あのじいさんは。おれのいうこと、まちがってるか？」

アダムはまちがっていない。

おじいちゃんは、いつもなにかしていた。じっとしていることには耐《た》えられない。

「うん、そうだね。コケモモのジャムと、おばあちゃんの写真も、手に入ったし」

「海にもでられたしな」

アダムと話していると、気分がおちついてきた。ほかほかのシナモンロールは、ホットミルクと同じで、おなかにいいらしい。ぼくは、あいかわらず悲しかったけれど、いけないことをしたといういやな気持ちは消えていた。

でも、まだもうひとつ、解決《かいけつ》しなければならないことがあった。

「明日、パパと病院へ行くんだけど、まだわからなくて……。どうやったら、天国へ行くまでに、おじいちゃんがきれいな言葉で話せるようになるのか」

「きれいな言葉か……。おれの得意分野《とくいぶんや》じゃないからなあ。おまえのおやじさんに、きいてみたらどうだ？」

「それは、だめだよ。でも、とにかく、ありがとう」

帰りぎわ、アダムは袋《ふくろ》にいっぱいシナモンロールをくれた。

「犬にやれよ。じいさんに会ったら、よろしく伝《つた》えてくれ。ところで、おれの知ってるいちばんきれいな言葉、教えてやろうか？」

「なに？」

「ポメランス」アダムはそういって、にやりと笑《わら》った。


ポメランス、ポメランス……。帰り道、ぼくはその言葉をくり返し口ずさんだ。愉快《ゆかい》な響《ひび》きで、なんだか唇《くちびる》のあたりから楽しくなる。ポメランス、ホネダンス、ヨレパンツ。

でも、これはおじいちゃんがさがしているきれいな言葉だろうか？　どういう意味か、さっぱりわからなかったから、ぼくはパパにきいてみた。

「ポメランス……ポメランスね。おまえがこういう変《か》わった言葉に興味《きょうみ》を持ってくれて、うれしいよ。さてと、辞書《じしょ》をひいてみようかね」

パパは本棚《ほんだな》のところへ歩いていって、青い表紙に金文字でタイトルが入っている国語の辞書《じしょ》を取ってきた。クロスワードパズルを解《と》くときにいつも使っている本だ。

「この本には、あらゆる言葉がのってるんだ」パパはうれしそうにいって、ページをめくった。

A《アー》から順番《じゅんばん》に、単語《たんご》がきれいにならんで、説明文《せつめいぶん》がついている。

「えーっと、どこだ……」パパはページをめくり、指さした。「これだ。ポメランス、柑橘系果実《かんきつけいかじつ》。たいていの場合、皮は赤っぽく、味は酸《す》っぱい。マーマレードなどにする」

「ありがとう、わかった」と、ぼくはこたえたけれど、本当は『カンキツケイ』の意味がよくわからなかった。でもいまは、できるだけたくさん、きれいな言葉を見つけることがだいじなんだ。

「ほかにはききたいことはあるかな？」パパがいった。

「ううん、ないよ」とこたえながら、ぼくは、パパが辞書《じしょ》を本棚《ほんだな》にもどすのを見ていた。

そして、つぎの日、病院へ行くとき、その辞書《じしょ》を本棚《ほんだな》からだまってひきぬいて、カバンの中に入れた。アダムからもらったシナモンロール、ノート、鉛筆《えんぴつ》、パパの好《す》きなクロスワードパズルがのっている土曜版《ばん》の新聞といっしょに。

パパとふたりで病室へ入っていくと、おじいちゃんは入れ歯をはめ、にっこりしていった。

「こりゃまた、めずらしい人がきた」

パパは、あとから入ってきた看護師《かんごし》さんに話しかけた。

「父の具合はどうですか？」

「まったく別人《べつじん》のようですよ。大声をあげることもなくなりましたし、きたない言葉を使うのも、うっかりしたときだけになりました。食事も、ちゃんと残《のこ》さずめしあがってます。いったいなにがあったのか、さっぱりわかりません」

「天使になりつつあるんだよ、かわいい看護師《かんごし》さんや」おじいちゃんがいった。

「ほら、このとおりですわ」

看護師《かんごし》さんが病室をでていくと、パパはおじいちゃんに、三回も、気分はどうかときいた。ほかになにを話したらいいか、わからないんだろう。

おじいちゃんはそのたびに、これまでにないほど気分はいい、わしはもうすぐ死ぬんだ、とにこやかにこたえた。

パパは、サイドテーブルの写真に気がついた。

「お母さんの写真……これ、どうしたんですか？」

おじいちゃんは、にこにこしながらいった。

「〈岩山の家〉から、わしのもとへ、おりてきてくれてな。おかげで話し相手ができた」

パパは首を横にふり、もう一度、気分はどうかときいた。おじいちゃんはまた、気分はいい、とこたえ、こうつけ加えた。

「おまえ、カフェテリアへ行ってコーヒーが飲みたくないか？　もどってくるときに売店で、わしに少しお菓子《かし》を買ってきてくれ。そのあいだに、わしは、愛《あい》する孫《まご》とちょっとおちついて話がしたいから」

「お父さんは、お菓子《かし》なんか食べないでしょう？」

「さっき、きいたろ？　別人《べつじん》のようになったんだよ」

ぼくはカバンから新聞を取りだし、パパにわたした。

「クロスワードパズルを持ってきたよ」

おじいちゃんが、ぼくにウインクした。ぼくと同じことを考えていたんだ――ふたりきりになりたい。

パパは「すぐもどるから」というと、ほっとしたような顔をして、病室をでていった。

でも、ぼくには、けっこう時間がかかるとわかっていた。

おじいちゃんはからだを起こして、枕《まくら》にもたれた。くたびれた神さまが、ふかふかの雲によりかかっているみたいだ。

「さてと、わしがきれいな言葉を話せるようにする、準備《じゅんび》はしてきたか?」おじいちゃんはいった。

「うん、これ、見てよ」ぼくはカバンから、タイトルが金文字で入っている青い辞書《じしょ》を取りだし、おじいちゃんの布団《ふとん》の上においた。

おじいちゃんは辞書《じしょ》を手に取り、ひっくり返したり、ページをめくったりしてながめた。

「これで、きれいな言葉を話せるようになるのか?」

「辞書《じしょ》には、すべての言葉とその意味がのってるから、きれいな言葉をさがして、意味といっしょにおぼえれば、うまく話せるようになるよ」

おじいちゃんは老眼鏡《ろうがんきょう》をかけ、タコのある指でページにならんでいる言葉をなぞると、ため息をついた。

「クソ……たくさんあるな。わしにおぼえられるか？　まにあうのか？」

「がんばってよ、おじいちゃん。おばあちゃんのことを考えて。いますぐ、はじめよう」

ぼくたちは辞書《じしょ》をひらいて、少なくとも一時間はいっしょにがんばった。Ａ《アー》ではじまる言葉の半分くらいは読んだと思う。でもほとんどは、おじいちゃんがどうでもいいと思う言葉だった。たとえば、アナコンダ――非常《ひじょう》に大きなボア科のヘビの一種《いっしゅ》。

「こんな言葉、わしの役には立たん」

おじいちゃんはそういいながらも、いくつかの言葉は、ぼくが持ってきたノートに書きつけた。

アンブロシア――神々《かみがみ》の食べもの。

この言葉を知っていれば、神さまから招待《しょうたい》を受けたときに役立つ。

アンデクティグ――信心深《しんじんぶか》い。

これこそ、いまのおじいちゃんにぴったりの言葉だ。おばあちゃんに再会《さいかい》したいなら、おじいちゃんはこうでなくちゃ。

そして、アモーレ――愛《あい》。

「愛《あい》のことは、わからんな」おじいちゃんはつぶやいた。

そして、今日はもうこれ以上《いじょう》、言葉の勉強はむりだといいだしたので、ぼくはカバンからシナモンロールを取りだした。

「パパとぼくが帰ったら、自分で勉強してよね。辞書《じしょ》はパパに見つからないように隠《かく》しといたほうがいい。パパがだいじにしてるから。でも、パパはもうじゅうぶん、言葉を知ってるんだ。シナモンロールはアダムから。よろしくって」

「わしからも、よろしく伝《つた》えてくれ」おじいちゃんはそういうと、パパの本を枕《まくら》の下につっこんだ。

ぼくたちはシナモンロールを食べ、水を飲んだ。

おじいちゃんはコップの水にコケモモのジャムを入れたけど、ぼくにはなめさせてくれなかった。

その水を、おじいちゃんは信心深《しんじんぶか》そうに少しずつ飲んだ。

「一食につき、ティースプーンひとさじだ。おかげで病院の食事も、どうにか食える。寝《ね》るまえにも、ひとさじ。いい夢《ゆめ》を見られる」

「節約《せつやく》しないとだめだよ」

「しとるさ。おまえが持ってきてくれた、このありがたい本を読みおわるまでは、もたせないとな」

おじいちゃんがコケモモのジャムをしまい、シナモンロールのパンくずをはらったところで、パパがもどってきた。満足《まんぞく》そうな顔をしている。クロスワードパズルが解《と》けたんだろう。お菓子《かし》の袋《ふくろ》を手にしている。

「口にあいますかね？」

「あうにきまっとる」と、おじいちゃんはいって、ぼくのカバンにお菓子《かし》の袋《ふくろ》をこっそりつっこんだ。

「そろそろ、帰る時間だな」パパはいった。

「ま、しょうがないな」おじいちゃんはベッドにきちんと横になり、目をとじた。

「じゃあな、わしのかわいい幼子《おさなご》たちよ」

## 14　むずかしい宿題《しゅくだい》

おじいちゃんは毎週会うたびに、どんどんやさしくなり、でも、からだはどんどん弱っていった。

パパとぼくは、土曜日にはかならず病院へ行くようになった。パパはちょっとだけ病室の見舞客《みまいきゃくよう》用の椅子《いす》にすわり、すぐにカフェテリアへ行ってクロスワードパズルを解《と》いた。

看護師《かんごし》さんは、おじいちゃんが看護師《かんごし》さんのことを、おばあちゃんの名前で呼《よ》ぶようになった、と教えてくれた。ときには、看護師《かんごし》さんに「わしの最愛《さいあい》の人」と呼《よ》びかけ、「ご機嫌《きげん》いかがですか？」とたずね、「わしになにかできることはないか？」ときき、「あなたを見ると、とてもうれしい。あなたがいないと、心の底《そこ》からさみしい」というようになったと。

「おじいさんに恋《こい》しちゃいそうですよ、もう」看護師《かんごし》さんは、照《て》れたようにほほえんだ。

でもおじいちゃんはぼくにこっそりと、にやにやしながらささやいた。

「練習してるだけなんだがね」

パパは、おじいちゃんの脳《のう》の血管《けっかん》がどこか切れたんじゃないですかとたずね、看護師《かんごし》さんは、「だとしたら、もっとたくさん切れてほしいですよ」とこたえた。

おじいちゃんはパパに対しても、とても親切になった。もうあまり動けないのに、パパの肩《かた》にむけてボクシングのまねをしたり、自分はあまりいい父親ではなかった、愛情《あいじょう》をほとんど示《しめ》せなかった、と口にだしていったりした。

「おまえは、わしとはちがいすぎたんだ。いまでもそうだがな」

「しかし、それでよかったんです」

「そのとおりだな。わしはうれしい、おまえがいまのおまえのようになったことが」

おじいちゃんとパパは、ようやく理解《りかい》しあえたように見えた。

その日も、おじいちゃんは大きな手をパパの肩《かた》にのせ、しばらくのあいだ、そのままにしていた。

やがてパパは立ちあがると、新聞に手をのばした。

「どうしますか？　今日も、お菓子《かし》を買ってきましょうか？」

「ああ、たのむ」

すると、パパはぼくのほうをふりむき、「食事のまえに食べるのはやめなさい。あと、食べたら、よく歯をみがくこと」といってウインクし、病室をでていった。

おじいちゃんのしていることは、とっくにパパにばれていたんだ。

「バカではないな、わしの息子……おまえのパパは」

「うん、でも、ときどき、すごくわからずやになる」

パパがいなくなると、ぼくたちはノートのマス目を使って五目ならべをした。

毎年夏には、雨の日に、ふたりでよくしていたように。まえはたいてい、おじいちゃんが勝ったけれど、今日はちがった。おじいちゃんは、三回つづけて負けた。世界じゅうの船のエンジンを自由自在《じゆうじざい》にあやつれる機関長《きかんちょう》らしくなかった。

「どうしたの？　なに考えてるの？」ぼくはきいた。

「おばあちゃんに会えなかったらどうしようかと思ってな……。この世の先に、べつの世界《せかい》がなかったら……そんなことを考えてた」

「天国があるって、ママはいつもいってるよ。ママはいつも正しいんだ」

「母親だって、まちがうことはあるぞ、小ゴットフリード」

ぼくは一瞬《いっしゅん》、言葉につまったけれど、「そのうちわかるよ」と、いい返した。

すると、おじいちゃんは笑《わら》った。

「そうだな。だが、今度くるまでに、天国があるかどうか、ちゃんと調べてきてくれ。もうひと勝負するか？」

おじいちゃんはそういったくせに、四回目の勝負のとちゅうで寝《ね》てしまった。

ぼくはロッカーから青い辞書《じしょ》を取りだし、カバンにしまった。おじいちゃんが「あの本はもういらない」と、いったからだ。

おじいちゃんにたのまれたこと。

天国があるかどうかなんて、どうやって調べるっていうんだろう？　ぼくは、まだ子どもなのに。そのことが、おじいちゃんにはわからないんだろうか？

夜になると、ぼくはベッドにあおむけになり、窓《まど》から見える空をながめた。雲が流れていく。月も見える。たくさんの星は、アダムが焼《や》くシナモンロールにのっている白いパールシュガーみたいだ。星の一部はもう存在《そんざい》していない、とまえにパパがいっていた。ぼくたちはずっと遠くから届《とど》く光を見ているだけで、いま見えている星のなかには、とっくのむかしになくなっているものもあるんだ、と――。

夜空を見あげながら、ぼくは考えた。存在《そんざい》しないものが見えるなら、見えないけれど存在《そんざい》するものだってあるはずだ。そう考えた自分が、急にものすごくかしこく思えた。でも、このこたえではおじいちゃんが満足《まんぞく》しないこともわかっていた。

そこで朝食のとき、ママにきいた。

「ママ、死んだ人は天国へ行くの？」

「そうよ」

「でも、どうしてそうだってわかるの？」

「わかるわけがない」パパが口をはさんだ。「そんなことばかり考えていても、意味がない。これまでに死んだ人がもどってきて、天国について話したことなどないんだから」

でも、パパはまちがっていた。火曜日に、そのことがわかった。

その日、ママが購読《こうどく》している週刊誌《しゅうかんし》が届《とど》いた。その雑誌《ざっし》には、おいしい料理のレシピがのってるんだ。レシピのほかにも、漫画《まんが》や、信《しん》じられない経験《けいけん》をした人の記事ものっている。

ぼくが読んだのは、そんな記事のひとつだった。死んだけど何時間かして生き返った人の話。どんな感じだったか、その人自身が話していた。まず暗いトンネルの中を、ぐるぐるとまわりながら抜《ぬ》けていき、まぶしい光がさす場所にたどりついたそうだ。

記事といっしょに、たどりついた場所の絵がのっていた。

大きな岩がひとつあり、はるかむこうに見える水面が、上からさす強い光にきらきらとかがやいている。おばあちゃんの聖書《せいしょ》の最後《さいご》にある絵と似《に》ている。天使が岩山の上に立ち、天国を指さしている絵。シャワーみたいに、黒雲から光が降《ふ》りそそいでいるあの絵に、そっくりだ。

週刊誌《しゅうかんし》を持って、ぼくはパパのところへ走った。

「見て！」ぼくは勝ちほこったようにさけぶと、絵を指さした。「天国だよ。これで証明《しょうめい》された」

パパはその絵に目をやり、記事を読んだ。

「ただの絵じゃないか」

「そうだよ。死ぬときにカメラを持っていくわけにはいかないでしょ」

パパは、ため息をついていった。

「いいかい、週刊誌《しゅうかんし》にのってることをなんでも信《しん》じちゃいけないよ。週刊誌《しゅうかんし》には、作り話やデタラメが多いんだ」

「うん」

でも、ぼくは信《しん》じた。絵をかいた人は、生き返った人がしゃべったとおりに、かいたにちがいない。その人が、「わたしがたどりついた場所は、まさにこんなけしきでした」と記事の中でいっているもの。

パパがなんていおうと、ぼくは気にしなかった。だって、パパはほとんどのことを信《しん》じないんだから。

ぼくは、この記事のことを一刻《いっこく》も早くおじいちゃんに知らせたかった。

# 15　奇跡《きせき》の絵

つぎの日、ぼくは給食《きゅうしょく》のあと、歯医者に行く、といって学校を早退《そうたい》した。パン屋へ行って話すと、アダムがぼくを病院まで車に乗せていってくれる、といいだした。店のドアに「外出中。じきに、もどります」と書いた板をかけて、長い昼休みを取ることにしたんだ。

ぼくは週刊誌《しゅうかんし》から切り抜《ぬ》いた絵を、しわにならないように計算ドリルにはさんでいた。

おじいちゃんの病棟《びょうとう》までくると、看護師《かんごし》さんに、いまは面会時間じゃないといわれた。それでも、ぼくたちのことはよろこんで入れてくれた。

「おじいちゃんには元気づけが必要《ひつよう》よ。わたしもはげましてるんだけど……、疲《つか》れて、ねむってばかりいるの」

アダムとぼくが病室へ入っていくと、おじいちゃんは目をあけ、入れ歯をはめた。そして「わしの小さないたずら小僧《こぞう》たちよ、会いたかったぞ」と、いつものように元気よくいおうとした。

でも声はかすれて、力がなかった。目も、いつもみたいにかがやいていない。

「元気、ないの？」ぼくはきいた。

「ああ。コケモモのジャムが、もうほとんどなくなった」

ジャムの瓶《びん》は、サイドテーブルのおばあちゃんの写真の横においてあった。底《そこ》に赤い汁《しる》がほんのちょっぴり、残《のこ》っているだけだ。

「おじいちゃんがうれしくなることを、ぼく、知ってるんだ」

「小僧《こぞう》たちよ、残念《ざんねん》だが、今日はビールが飲めるとは思えん」

「ビールじゃないよ」

「シナモンロールか？」

「シナモンロールでもないです」と、アダム。

「じゃあ、なんだ……？」おじいちゃんはぜんぜん興味《きょうみ》がないみたいに、もごもごとつぶやいた。

「天国だよ、天国！　天国について調べろって、このまえ、ぼくにいったでしょ？」

「冗談《じょうだん》のつもりだったんだが。もう、冗談《じょうだん》をいう気にもなれん」

「そんなこといわないで、これを見てよ！」ぼくは計算ドリルのあいだから例《れい》の絵を取りだし、老眼鏡《ろうがんきょう》も取ってあげた。老眼鏡《ろうがんきょう》は、おじいちゃんがおぼえたい言葉を書きつけていたノートの上においてあった。

「冗談《じょうだん》をいう気分じゃない、といったろ」

「冗談《じょうだん》なんかじゃないよ。本当に、こういう場所らしいんだ。生き返った人が話したんだよ、天国は、この絵みたいだったって」

おじいちゃんはため息をついて、絵をぼくにおし返そうとした。

でもそのとき、顔がぱっと明るくなった。まるで絵の中の光に照らされたように。おじいちゃんは絵を見て、ほほえんだ。目に涙《なみだ》がたまっている。唇《くちびる》が動いた。声にはならなかったけれど——。

やがて、おじいちゃんははっとわれに返り、ぼくにきいた。

「あいつを見たか?」

「あいつって?」

「きまってるじゃないか」

おじいちゃんは、絵の中におばあちゃんが現《あらわ》れて、岩のそばに立っていたといった。いつものようにストライプ柄《がら》のエプロンをかけ、頭にスカーフを巻《ま》いて。なにもいわず、ただじっとうれしそうにおじいちゃんを見つめていたと。

「小ゴットフリード、おまえは、おばあちゃんのようすをおぼえてるだろ」

「うん」

「おばあちゃんは、そのまんまだった」

アダムは、おじいちゃんの話を疑《うたが》っているようだった。でも、おじいちゃんがうれしそうにしているから、なにもいわない。

それでもおじいちゃんは、アダムが疑《うたが》っているのを見抜《みぬ》いた。

「夢《ゆめ》だと思うか、えっ？」

「さあ、どうかな……」アダムは、ためらうようにいった。

「まあ、そうかもしれん。あいつは、わしにだけ姿《すがた》を見せたかったんだ。幻《まぼろし》のように現《あらわ》れたのは、わしにだけ姿《すがた》を……」

「そうだね、きっと」アダムはうなずいた。

少しして、アダムはおじいちゃんにさよならをいった。ハグもした。おじいちゃんは、ふだんはハグなんてしないのに。

「おれは先に行って、車で待ってる。もうちょっと、ふたりきりで過《す》ごせよ」

アダムはそういって、病室をでていった。

そのあとも、ぼくはベッドのそばにすわって、おじいちゃんの手をにぎってい
た。でも、そうしているうちに、おじいちゃんは、ねむってしまった。
ぼくは、おじいちゃんを見つめながら、ふたりでいっしょにしたさまざまなこ
とを、ひとつひとつ思い返した。

目の前のおじいちゃんは、幸せそうに見えた。

やがて、おじいちゃんは静《しず》かにいびきをかきはじめた。それは、まもなく出港
する船のエンジンが、動きだしたみたいな音だった。

金曜日、学校からの帰り道、ぼくは一羽のカラスを見た。カラスは天にむかって高く高く飛んでいき、やがて、オジロワシに姿《すがた》を変《か》えた。

おじいちゃんは、また病院から抜《ぬ》けだしたんだ。

そして二度と、もどってこなかった。

# 訳者《やくしゃ》あとがき

頑固《がんこ》で怒《おこ》りっぽく、きたない言葉を平気で使うおじいちゃんと、そんなおじいちゃんを慕《した》う孫《まご》のぼく（ウルフ）が企《くわだ》てた最後《さいご》の無謀《むぼう》な旅――この切なくもユーモアに富《と》んだ物語を書いたのは、スウェーデンの人気児童《じどう》文学作家ウルフ・スタルク（一九四四―二〇一七）です。

二〇〇四年秋の来日記念講演《きねんこうえん》でも、またその後、ストックホルムのご自宅《じたく》をお訪《たず》ねしたさいにも、スタルクは「祖父《そふ》のことを書きたい」と熱心《ねっしん》に語っていました。その言葉どおり、大好《だいす》きだったおじいちゃんとの思い出をたっぷりと盛《も》りこんだのが、この作品なのです。

実際《じっさい》、子ども時代のスタルクは、生真面目《きまじめ》でしつけに厳《きび》しい父親よりも、野性《やせい》味《み》あふれるおじいちゃんとウマが合ったようです。ときにはいたずらが過《す》ぎて、ひどく怒《おこ》られても、おじいちゃんといっしょに過《す》ごせる島での夏休みが楽しくてしかたがなかった、とのことでした。

もちろん、この作品で描《えが》かれているのは、おじいちゃんと孫《まご》の交流だけではありません。おじいちゃんとパパ、パパとぼくのしっくりいかない親子関係《かんけい》や、先に亡《な》くなったおばあちゃんへのおじいちゃんのうまく言葉にできない愛情《あいじょう》など、それぞれが抱《かか》える心の葛藤《かっとう》や屈折《くっせつ》した思いが織《お》りこまれ、人の生き死にを考えるうえで、物語をより深みのあるものにしています。また、年のはなれたウルフとアダムの友情《ゆうじょう》には、作者の人間に対する根本的《こんぽんてき》な信頼《しんらい》が感じられます。

残念《ざんねん》ながら、作者は二〇一七年夏、この物語を書きあげた直後、体調を崩《くず》し、楽しみにしていたキティ・クローザーの挿絵《さしえ》を見ることなく、急に亡《な》くなってしまいました。十四章にクロスワードパズルを解《と》いているパパの挿絵《さしえ》がありますが、パズルの中に「FAR《ファール》」とあるのは、スウェーデン語で「父親」を意味する言葉です。こんな心憎《こころにく》い仕掛《しか》けのある挿絵《さしえ》を目にしたら、スタルクはどんな感想を持ったでしょうか。ちなみに、左のページにあるカラスの絵だけは、作者自身の手によるものです。

ここにあらためて、たくさんの物語で読者を楽しませてくれたウルフ・スタルク氏《し》に感謝《かんしゃ》し、その功績《こうせき》をたたえたいと思います。これからもその作品が、日本の子どもたちに長く読《よ》み継《つ》がれていくことを、心から願《ねが》っています。

菱木《ひしき》晃子《あきらこ》

二〇二〇年　初秋《しょしゅう》

【画家】
**キティ・クローザー（Kitty Crowther）**
1970年、ベルギーのブリュッセル生まれ。2003年に『こわがりのかえるぼうや』（徳間書店）、2005年に『ちいさな死神くん』（講談社）で、オランダで最も美しい子どもの本に送られる賞のひとつ、銀の絵筆賞を受賞。ほかに、『あるひ　ぼくはかみさまと』（講談社）、『みまわりこびと』（A・リンドグレーン文／講談社）などがある。2010年、児童文学界のノーベル賞と称されるアストリッド・リンドグレーン記念文学賞を受賞。

【訳者】
**菱木晃子（ひしきあきらこ）**
1960年、東京都生まれ。慶應義塾大学卒業。スウェーデン語の児童書を中心に翻訳を100冊以上手掛ける。主な訳書に、『おじいちゃんの口笛』（ほるぷ出版）、『シロクマたちのダンス』（偕成社）、『うそつきの天才』「パーシー」シリーズ（小峰書店）、『ニルスのふしぎな旅』（福音館書店）、著書に『はじめての北欧神話』、『行く手、はるかなれど　―グスタフ・ヴァーサ物語―』（徳間書店）などがある。2009年、長年にわたりスウェーデン文化の普及に貢献した功績に対し、スウェーデン王国より北極星勲章受章。神奈川県在住。

**【おじいちゃんとの最後の旅】**
RYMLINGARNA
ウルフ・スタルク 作
キティ・クローザー 絵 Illustrations © 2018 Kitty Crowther
菱木晃子訳 Translation © 2020 Akirako Hishiki
168p, 19cm, NDC949
おじいちゃんとの最後の旅
2020年9月30日　初版発行
2024年8月１日　８刷発行
訳者：菱木晃子
デザイン：木下容美子
フォーマット：前田浩志・横濱順美
発行人：小宮英行
発行所：株式会社　徳間書店
〒141-8202　東京都品川区上大崎3-1-1　目黒セントラルスクエア
Tel.(03)5403-4347(児童書編集)　(049)293-5521(販売)　振替00140-0-44392
印刷：日経印刷株式会社
製本：大口製本印刷株式会社
Published by TOKUMA SHOTEN PUBLISHING CO., LTD., Tokyo, Japan.　Printed in Japan
ISBN978-4-19-865162-6
徳間書店の子どもの本のホ　ムページ　https://www.tokuma.jp/kodomonohon/